파피루스

파피루스

1쇄 발행일 | 2010년 10월 25일

지은이 | 홍유연
펴낸이 | 정화숙
펴낸곳 | 개미

출판등록 | 제1999 - 3호 1992. 6. 11
주소 | (121 - 736) 서울시 마포구 마포동 136 - 1 한신빌딩 1412호
전화 | (02)704 - 2546, 704 - 2235
팩스 | (02)714 - 2365
E-mail | lily12140@hanmail.net
ⓒ 홍유연, 2010

값 11,000원

ISBN 978 - 89 - 94459 - 06 - 6 03810

파피루스

홍 유 연 수 필

개미

희망을 심다

햇살이 뜨겁게 창가에 머물던 날 베란다에다 꽃씨를 뿌렸다. 언젠가 꽃꽂이 수강생들과 식물원으로 야외 수업을 가서 얻은 것이다. 땅에다 묻기만 해도 파릇파릇 새싹이 돋아나는 봄날이 아니어서 내심 걱정을 했다. 작은 팻말에다 꽃 이름과 날짜를 메모하여 꽂아두고 아침마다 지켜보며 희망을 꿈꾸었다.

어느 날 파랗게 돋아난 새싹의 모습이 보였다. 관심을 가져준 것에 보답을 한 것이다. 물을 주고 눈을 맞추며 다른 꽃들보다 더 많은 사랑을 쏟을 것이다.

삶에 희망이 없다고 생각했던 시간들이 내게 오래 머물렀다. 모든 것을 포기하고 바람처럼 자유롭고 싶었다. 힘들었던 날들을 지탱하게 해 주었던 희망의 끈은 무엇이었을까. 못생긴 나무들이 산을 지킨다는 말이 있듯이 잘 생긴 나무에게 주눅들지 않고, 당당히 흙 속에 뿌리를 내리며 자신의 자리를 지켜내는 가녀린 식물들이었다. 민들레와 채송화, 질경이, 감국甘菊 등은 한없이 자신을 낮추며 강인한 생명력을 지탱해 왔다. 이들이 바로 희망을 잃지 않고 세상을 살아가는 우리들의 모습과 닮지 않았는가. 화려하지 않기에 외면당하면서도 척박한 땅에서 꽃을 피우며 서민들의 삶에 용기와 희망의 메시지를 전해줄 수 있었다. 천문학적인 숫자에 팔려와 정원에 뿌리를 내린 수려한 나무들은 사람들에게 즐거움은 줄 수 있어도 삶의 여운을 남겨주지는 못한다.

행복과 불행을 같이 나누어야 하는 사람들을 멀리 떠나보내며 가슴앓이를 했다. 이별의 안타까움은 온전히 세상에 남겨진 사람만이 떠안아야 하는 무거운 짐이다. 이별의 순간에 남겨진 추억들까지 같이 떠나보낼 수 있다면 얼마나 편하겠는가. "함께 할 수 없는 아름다움은 아픔이 된다." 라는 말이 있듯이 함께할 수 없기에 텅 비어버린 마음을 추스르기가 힘들었다. 이제 그 빈자리에 희망을 가득 채우고 싶다.

2002년 수필집 상재 후 두 번째 에세이집이다. 이번 글에서는 성숙해진 내면을 독자들에게 전하고 싶었는데 아쉬움이 남는다. 책에 실려 있는 사진들은 꽃꽂이 강의 시간에 가르친 작품들이다. 동양 꽃꽂이는 서양꽃꽂이보다 어렵지만 완성했을 때의 모습은 고아古雅하고 매력적이다. 고대시대 전통 꽃꽂이는 어떠했는지 나 자신에게 또 다른 과제로 남겨둔다.

창가에 머무는 햇살과 바람에서 계절이 바뀜을 느낄 수 있다. 또 다른 희망을 찾아 훌쩍 여행을 떠나야겠다.

2010년 10월

홍유연

| 차례 |

향기로움을 만나다

추억으로 달려가는 간이역

과거로의 여행

향기로움을 만나다

네 잎 클로버

가을은 돌아갈 수 없는 추억을 그리워하며 나 자신을 만날 수 있는 겸손의 계절이다. 이듬해의 봄을 위해 곱게 물든 단풍들을 떨어뜨리는 낙엽수를 바라보면 홀로 있어도 적적하지 않고 삶을 소중하게 여길 수 있는 것도 가을이다.

國史學科에서는 졸업하기 전에 필수적으로 몇 번씩 참여해야만 하는 봄, 가을 2박 3일의 정기 답사가 있었다. 古代時代의 遺跡이나 遺物, 發掘하는 현장 등을 돌아보고 연구하는 학과 과정이다. 재학생은 물론 대학원생과 졸업한 선배들까지도 참여할 수 있는 연례행사이기에 학교에서도 아낌없는 지원을 해준다. 전공 교수님들이 모두 참여하여 본인의 전공時代史에 따라 현장에서 강의를 하기 때문에 많은 것을 직접 보고 배울 수 있다. 거기다 저녁이면 조별로 그날의 연구보고가 있고, 선후배들이 오랜만에 만나다 보면 밤늦게까지 대화가 이어지기도 한다. 건강이 좋지 않거나 답사의 피곤함에 지친 학우들이 휴식을 취할 수 있도록 집행부에서는 방 한 칸을 준비한다. 이 방을 우리는 '시체방'이라 불렀다. 학교마다 차이는 있겠지만 우리 학교의 답사에서 가장 중요한 하이라이트가 있다면 전통을 자랑하는 '대동제'였다. 대체로 답사 두 번째 날 진행되는데 장소는 예비답사팀에서 선정을 해 둔다.

그날은 추계답사 때였다. 감포 앞바다를 뒤로하고 대종천을 0.5km정도 올라가면 경주시 양북면 용당리라는 행정구역이 있고 感恩寺址 石塔 2기가 우뚝 서 있다. 신라의 문무왕은 왜병을 물리치기 위해 이 절을 지었다고 전한다. 문무왕은 죽어서도 신라를 지키고자 하였고, 자신이 죽으면 대왕암에다 뿌려달라는 유언을 아들 신문왕에게 남긴다. 感恩寺址에서 문무왕이 묻혀있는 대왕암까지는 불과 1,4km에 불과하여 이곳에서 동해를 바라보면 대왕암이 보일 정도로 가까운 거리에 있다. 금당(대웅전)을 중심으로 좌우에 서 있는 삼층석탑을 感恩寺 쌍탑으로 부르는데 통일신라 7세기 후

반 양식으로 현재 남아 있는 삼층 석탑 중에서 가장 큰 것이다.

초가을 하늘은 한 폭의 수채화다. 이곳의 넓은 잔디밭에서 '대동제'를 시작할 것이다. 준비하는 시간 동안 미풍과 함께 感恩 寺址 주변을 살망살망 걷기도 하고, 사진을 찍으면서 오후에 올라야하는 慶州 南山의 '악마의 코스'는 까마득히 잊고 있었다. 조별로 실시한 줄다리기는 우열을 가리기 힘든 구경거리였다. 답사 때가 아니면 해 볼 수 없는 닭싸움에서는 본인의 체중과 무관하게 잔디밭에 나뒹굴어지는 학우들의 모습은 폭소가 아니면 감상할 수 없는 즐거움이다. 재학생과 선배들까지 적절하게 균형을 이루어 조를 짰기 때문인지 거의 비슷한 수준이었다. 물론 우승팀에게는 푸짐한 경품이 수여되는 즐거움도 있지만 자신이 소속한 조의 우승을 위해 몸을 사리지 않는다. 대학원생 선배들과 후배들의 씨름경기에서는 아무리 학과의 선배라도 양보는 없다. 오늘 우리가 기억하고 있는 강호동과 이만기의 씨름 정도로 치열했다고 하면 이해가 될까.

그날 제자들의 웃음과 함성을 바라보시며 토기풀이 융단처럼 펼쳐진 잔디밭에 앉아 웃고 계신 분이 있었으니 바로 B 교수님이다. 그 모습을 바라보며 머릿속에 떠오르는 단어가 '忙中有閑이다. 이보다 적절한 표현이 어디 있겠는가. 古代 中世 등 時代를 넘나들며 폭넓은 지식과 함께 늘 학생들에게 속삭이듯이 말씀하시는 인기 교수님이다. 답사 때마다 늘 앞장서서 묵묵히 걷고 계셨기

가을이 오면 그리움이 남겨진 곳으로 여행을 떠날 것이다. 함월산
에 파묻힌 기림사도 정겨운 모습으로 나를 반겨주겠지. 하얀 꽃은
시들었어도 네 잎 클로버는 아직도 **感恩寺址**에 남아서 지난날의 추
억들을 들려줄 것이다.

가을은 사람들이 그리워지는 계절이다.

에 그 이유를 몰랐는데 나중에 들으니 학생들이 재잘거리며 정신없이 걷다가 혹여 살아 있는 微物을 밟을까봐 미리 확인하기 위한 것임을 알았다. 아무리 작은 것이라도 사람들의 발길이 없는 곳으로 옮겨두는 것을 보고 세상에는 소중하지 않은 게 아무것도 없다는 것을 배웠다.

함성소리를 뒤로하고 교수님께 다가갔다. 재미있느냐고 물어보시더니 손을 펴보라고 한다. "세 잎은 많은데 네 잎은 귀하다." 하시더니 나의 손바닥 위에 네 잎 클로버가 놓였다. 뜻밖의 선물이다. 나는 네 잎 클로버를 찾아 본적이 없다. 몇 번 시도해 보았지만 행운의 기회는 오지 않았다. 그걸 교수님은 알고 계셨을까.

그날 오후 우리는 南山 답사에 나섰다. 新羅人들은 자연과 신앙이 하나가 되는 불국정토를 이곳 慶州 南山에 만들고자 했다. 쉽게 오를 수 있는 南山이 아니다. 그러나 B 교수님은 변함없이 앞장서서 걷는다.

네 잎 클로버는 행운의 상징이다. 누구라도 토끼풀을 뜯고 하얀 꽃을 꺾어 머리띠와 시계를 만든 추억이 있을 것이다. 선물로 받은 네 잎 클로버는 그날 이후 오랫동안 나의 책갈피에 머물렀다.

가을이 오면 그리움이 남겨진 곳으로 여행을 떠날 것이다. 慶州에 가서 어둠이 내려앉은 고즈넉한 시간이 되면 아름다운 조명이 무지개 빛깔을 뽐내는 안압지를 찾아봐야겠다. 함월산에 파묻힌 기림사도 정겨운 모습으로 나를 반겨주겠지. 하얀 꽃은 시들었어도 네 잎 클로버는 아직도 感恩寺址에 남아서 지난날의 추억들을 들려줄 것이다.

가을은 사람들이 그리워지는 계절이다.

꽃을 든 남자

그날은 4월의 첫 강의가 시작되는 날이었다. 문화원 입구에 들어서면 꽃향기로 가득하기에 오늘은 무슨 꽃인가 궁금하다면서 요란스럽게 뛰어오는 수강생들이다. 그러나 오늘은 조금 이른 시간인데 살그머니 문 열리는 소리가 들린다. 돌아보니 작은 가방을 든 젊은 남자 한 명이 강의실로 들어서고 있다. 이곳 건물에서 크고 작은 고장이 나면 얼른 와서 수리를 해주는 관리실 직원이 찾아온 줄 알았다. "지금 꽃꽂이 수업을 해야 하니까 수리할 게 있으면 나중에 오세요." 라고 말했다. 그런데 이 남자는 나를 바라보더니 "플라워아트 선생님이세요?" 하고 묻는다. 무슨 일로 그러냐고 했더니 자신도 꽃꽂이를 배우고 싶어 등록을 했다는 게 아닌가. 사실 그 순간 조금 당황을 했다. 여성들만 있는데 잘 적응을 할 수 있을지 염려가 되었고 섬세함과 감각이 있을지도 걱정되었다.

　　　사람들은 가끔 내게 꽃꽂이를 따로 배워야만 꽃을 꽂을 수 있느냐고 묻는다. 그냥 꽃병에 물을 담고 꽂으면 되는 게 아니냐고 한다. 꽃은 어디에 있어도 꽃이라는 이름만으로 사랑받는다. 더구나 야생화는 자신의 자리에서 꽃을 피웠을 때가 가장 아름답다. 아무리 화려하고 고운 색깔을 가졌어도 예쁘게 피어 있는 꽃은 그냥 꽃일 뿐이다. 그 꽃이 서로 조화를 이루며 침봉이나 오아시스에 꽂혀있을 때 작품으로 태어나는 것이다. 자연의 아름다움을 하느님의 사랑으로 표현하는 성전 꽃꽂이와, 자기 중심이 아닌 중생에게 가까이 다가가고자 연출하는 불전 꽃꽂이는 더구나 그러하다. 꽃은 아무리 자신의 향기가 진하고 화려한 색깔을 가졌어도 혼자서는 작품 속의 구성원이 되기 어렵다. 다른 꽃들과 함께 향기와 색상이 적절하게 조화를 이룰 때 그 가치는 더욱 빛나는 것이다. 사람 또한 꽃과 다르지 않을 것이다. 아무리 유능하고 능력 있는 사람일지라도 홀로 세상을 살아가기는 어려운 것이다. 가진 자와 가지지 못한 자, 지나치도록 계산적이고 영악한 사람이 있으면, 조금 부족한 사

꽃은 아무리 자신의 향기가 진하고 화려한 색깔을 가졌어도

혼자서는 작품 속의 구성원이 되기 어렵다. 다른 꽃들과 함

께 향기와 색상이 적절하게 조화를 이룰 때 그 가치는 더욱

빛나는 것이다.

람도 있게 마련이다. 바쁘다며 삶에 쫓기듯이 바쁘게 살아가는 사람과, 언제 봐도 항상 느긋하게 여유있어 보이는 사람이 있다. 서로에게 기대고 의지하며 더불어 세상을 살아갈 때 아름다운 삶이지 않겠는가.

　　이렇게 무더운 여름이면 조선시대 선비들의 삶이 그리울 뿐이다. 모시적삼을 입고 하얀 백자에 꽂혀있는 청미래 줄기를 바라보면서 더위를 식혔다니 생각만으로도 더위는 저만치 물러가는 낭만이 있지 않은가.

　　신입 남자 수강생과 커피잔을 앞에 두고 마주 앉았다. 꽃꽂이를 배우려고 하는 그에게 은근히 호기심이 생겼고 궁금한 마음이 앞섰기 때문이다. 여성들은 취미 생활이나 혹은 창업, 자격증 취득 등 여러 가지 이유가 있다. 그는 자신의 이야기를 내게 들려주었다. 역삼동에 있는 일식집에서 근무하는데 외국 손님이 많이 오는 곳에서 주방장으로 근무한다고 했다. 특히 일본 단골손님이 많이 찾는 곳이었다. 정성껏 준비한 음식을 가지고 테이블에다 세팅을 할 때마다 꽃이 있으면 시각적으로 음식이 맛있게 보일 것 같다는 생각을 하게 되었다. 분주한 점심시간이 끝나면 저녁 늦게까지 영업을 하기에 휴식을 취해야 하지만 꽃꽂이를 배우기 위해 용기를 낸 것이다. 그때 강의실로 들어온 수강생들은 그 남자로 인해 모두 행복해 했고 "오빠! 커피 드세요." 하면서 즐거워했다.

그날 이후 꽃꽂이 강의실은 몰라보게 분위기가 달라졌다. 오빠가 타주는 커피가 세상에서 제일 맛있다며 수강생들은 모두들 그가 나타나길 기다렸다. 또한 그 커피가 정말 향기롭다는 것도 알았다. 예전에는 두꺼운 나무나 무거운 꽃 소재들도 톱이나 가위로 과감하게 절단하며 남자처럼 용맹을 떨치던 여성 수강생들은 이젠 작은 것에도 "오빠! 도와주세요." 한다. 그것만이 아니다. 자동차 트렁크 위에 잠시 얹어둔 덴파레 꽃 상자가 순식간에 없어진 날도 용감하게 오토바이를 타고 꽃을 찾아 나섰다. 무거운 것을 드는 것부터 디지털 카메라 촬영, 수강생들의 지하주차까지 도움을 주면서 빠른 시간에 적응을 했고, 그로 인해 우리는 모두 아름다운 봄날이었다.

그에게서는 꽃꽂이를 배우려고 하는 노력과 열정이 넘쳐난다. 자신의 식당에 찾아오는 손님들을 위해서 정성껏 Table Decoration을 연출하고 인테리어와 그릇의 크기까지 그려가면서 나에게 질문을 한다. 또한 강의가 빨리 끝나는 날이면 시간을 내어 사랑하는 사람을 위해서 꽃바구니도 만들고 세상에 하나뿐인 꽃다발도 만든다.

그는 남자이지만 여성보다 더 감각이 있고 눈썰미가 있다. 또한 건강한 사고와 따뜻한 감성까지 지닌 수강생이다. 강남에다 자신의 이름을 걸고 일식집을 운영하는 게 꿈이다. 가게를 찾는 손님들을 위해 꽃꽂이를 배울 정도의 열정이 있는 그는 언젠가는 자신만의 개성이 가득 담겨진 일식집을 개업하게 될 것이다.

긴 장마가 끝난 뒤 무더위가 기승을 부린다.

그러나 꽃을 든 남자가 늘 곁에 있으니 나는 더없이 행복하고 시원한 날들이다.

연꽃

      요즘은 예전과 달리 사계절 내내 필요한 꽃꽂이 소재를 살 수 있으니 다행한 일이다. 꽃 시장에서 그날 사용할 연밥을 주문하며 많이 휘어진 것으로 골라달라고 했더니 드레드레한 창고 천장에서 한 아름을 꺼낸다. 철겨워서 그런지 싱싱하지는 않지만 곱게 말린 곡선의 자태가 동양 꽃꽂이를 한다면 아름다운 작품이 될 것 같은 예감이다.

      수많은 꽃들은 자신만이 간직한 색깔과 향기가 있다. 단번에 눈에 차는 꽃은 금세 싫증이 나기 마련이다. 그러나 함초롬히 봄 비를 맞고 있는 민들레나 할미꽃을 보면 그 앙증스러움은 아무리 오랫동안 보고 있어도 지루하지가 않다. 꽃은 자신의 색깔과는 무 관하게 요긴하게 사용되지 않은 것은 없다. 그때의 작품에 따라 제 1주지가 되어 전체적인 꽃꽂이 틀의 주인공이 되기도 하고, 종지가 되어 그 주지들을 보조해주는 역할을 맡기도 한다. 아무리 예쁜 꽃 이라도 혼자서는 작품이 될 수 없다. 수많은 꽃의 태깔이 서로 조화 를 이룰 때 작품으로 재탄생하는 것이다. 만물지령萬物之靈이라 일 컫는 사람도 꽃과 다르지 않다. 뛰어나게 인물이 돋보이는 사람일 지라도 혼자 있으면 자신이 잘난 것을 알 수 없다. 더불어 조화를 이룰 때 아름다움은 더욱 돋보이는 것이다. 홀로 흘러가는 계곡물 은 소리가 시끄럽지만 더불어 흘러가야하는 바닷물은 소리를 내지 않는다는 말도 있다. 세상에 쓸모없는 사람이 어디 있겠는가. 사람 과 꽃은 향기가 있듯이 모두가 귀하고 소중하다.

꽃을 싼 종이에는 꽃향기가 나기 마련이다. 향수를 뿌린 것처럼 강한 향기를 지니고 있는 꽃은 순간의 기분은 좋아지지만 레스토랑이나 집 안의 식탁에 꽂아두면 음식의 미각이나 시각을 방 해한다. 그러나 사랑하는 사람에게 장미나 백합꽃으로 사랑 고백을 한다면 성공할 수 있을 것이다. 사랑스런 향기에 먼저 취하지 않겠 는가. 또한 학명이 eustoma라고 하는 터키 도라지(꽃도라지)는 꽃

말이 '변치않는 사랑'이다. 이런 꽃을 선물로 건네는 것도 센스 있는 일이다. 사람도 꽃과 마찬가지로 외모에서 느끼는 아름다운 매력은 오래가지 못한다. 마음을 열고 상대방의 내면을 볼 수 있을 때 그 사람의 진면목을 만날 수 있다.

연꽃은 많은 사람들의 사랑을 받는 꽃이다. 오염된 물에서 자라지만 고귀한 모습으로 분홍색이나 흰색의 꽃을 피운다. 연꽃은 학명이 'Nelum nucifera gaertn'인데 결백, 꿈, 청아 등의 꽃말을 가진 여름을 대표하는 수련과의 꽃이다.

> 사람도 꽃과 마찬가지로 외모에서 느끼는 아름다운 매력은 오래가지 못한다. 마음을 열고 상대방의 내면을 볼 수 있을 때 그 사람의 진면목을 만날 수 있다.

연꽃은 불교와 깊은 인연이 있다. 경주시에 있는 불국사는 신라의 많은 백성들이 국태민안과 부처의 이상세계를 발원하면서 김대성이 짓기 시작한 절이다. 경덕왕10년(751년)에 시작하여 2,000여 칸의 대규모 가람을 30여 년이라는 긴 세월에 걸쳐 완성하였다. 이곳 불국사에는 연꽃이 피어 있는 연지가 있었다고 전해진다. 대웅전 앞에 연지가 있었다면 금상첨화가 아니겠는가.

경주 불국사 대웅전 앞에 서 있는 석가탑은 또 다른 이름으로 무영탑이라고 부르기도 한다. 설화에 의하면 석가탑을 조성한

아사달의 부인이었던 '아사녀'가 남편을 만나러 왔다. 공사가 끝나기 전에는 여자를 만날 수 없다고 하면서 절 앞에 있는 연지에 탑의 그림자가 떠오르는 날 만날 수 있다고 하였다. 기다림에 지친 아사녀는 달빛이 떠오르는 밝은 저녁 연지에서 남편의 모습을 발견하고 물로 뛰어들어 죽음을 맞는다.

아무리 설화이긴 하지만 아사녀가 이곳에 있었다는 연지에 빠진 게 아니었을까 하고 추측해본다. 또한 불국사 건물로 오르는 계단에는 볼수록 아름다운 화강석의 연꽃다리가 있다. 석단 동쪽을 청운교 · 백운교라고 하고, 서쪽 방향에 있는 것을 연화교 · 칠보교라 부른다. 무심히 지나치게 되지만 관심을 가지고 살펴보면 돌층계에 양각으로 디자인한 연꽃잎을 볼 수 있다. 연화교는 국보 22호로 지정되어있는데 45도의 원만한 경사로 만들어졌다. 중생들의 마음을 따뜻하게 어루만져 주는 역할을 하는 것으로 전해진다. 이곳의 연화교와 연지를 거쳐 대웅전으로 향했던 것은 아니었을까.

주돈이(호, 주렴계周濂溪)는 중국 북송시대의 유학자이다. 그는 유명한 자신의 수필 '애련설愛蓮說'에서 이렇게 표현하였다.

여독애련지출어니이불염, 탁청련이불요, 중통외직
予獨愛蓮之出淤泥而不染, 濯淸漣而不妖, 中通外直

연꽃은 진흙에서 나왔지만 더러움에 물들지 않고, 맑고 잔잔한 물에 씻어도 요염하지 않으며, 속은 온통 비었으나 밖은 곧다.

련화지군자자야 蓮花之君子者也
연꽃은 군자를 상징하는 꽃이다.

위의 글을 보면 연꽃은 세상 많은 사람들의 사랑을 받는 꽃임은 분명한 모양이다. 연꽃이 군락을 이루고 있는 곳이 많이 있다. 사람들의 느낌은 모두 다르겠지만 부여에 있는 궁남지가 아늑하다고 느꼈다. 이곳은 무왕 35년(634년) 궁궐 남쪽에 못을 파고 만들었다는 기록이 삼국사기에 전해진다. 무왕은 이곳에서 신하들과 연회를 즐겼으며 그것도 싫증나면 궁남지에서 주유舟遊를 하였다니 낭만이 있었던 왕이었나 보다. 궁남지 버드나무 옆에는 배 한 척이 머물고 있으니 백제시대로 돌아가 연꽃잎으로 햇볕을 가리고 그때를 회상해 보는 것은 어떨까. 궁남지는 우리나라 최초의 정원이라는 평가와 함께 아름다운 정원이라 일컫는 역사적 가치가 그대로 보존된 곳이다.

연꽃을 볼 때마다 꽃을 닮고 싶다는 생각은 가져보지만 쉽지 않은 일이다.

매화

4월의 첫날 경북 안동으로 답사를 떠났다. 내 가슴을 뛰게 하는 것은 사랑하는 사람만이 아니다. 오랜 전통과 역사를 간직한 우리의 소중한 문화재들은 언제나 그리움의 대상이고 마음을 설레게 하는 소중한 것들이다. 이번 답사에서는 부석사의 저녁예불을 알리는 범종 소리를 가까이서 들을 수 있었다. 청아한 종소리는 부석사를 감싸고 있는 많은 가람들 사이를 지나 하늘과 땅에서 고통받고 있는 중생들 곁으로 가까이 다가서고 있다. 20대의 젊은 나이에 합천 해인사에서 며칠을 묵으며 새벽예불의 엄숙함에 전율을 느꼈던 그때의 기억들이 되살아나고 있다. 비가 내리는 날 부석사는 장엄하게 울리는 종소리와 함께 정적에 휘감긴다. 스무 살의 청춘이 엊그제 같은데 많은 세월들이 흘러갔고 남아 있는 삶은 어떻게 살아야 후회하지 않을까 불현듯 외로움이 밀려온다.

병산서원은 풍산 유씨 집안의 서당이었던 풍악서당이었다. 선조 5년(1572년) 서애 유성룡 선생이 이곳 병산으로 옮긴 후 병산서당이라 고쳐 불렀다. 이황의 제자들은 호계서원을 세워 이황, 김성일, 류성룡을 배향配享하였는데 이황의 왼쪽에다 어느 분을 모셔야 하는지 논란이 벌어지게 되었다. 풍산 유씨(병산서원파)와 의성 김씨(호계서원파) 양쪽 가문은 사활을 걸고 신경전을 벌였을 것으로 추측된다. 훗날 우리는 이 사건을 병호시비屛虎是非라 부른다. 지금은 명절 차례나 기일忌日제사 지내는 것조차 힘들어 하는 우리들이 보면 대수롭지 않은 것으로 생각할 수 있지만 그리 간단한 문제가 아니다. 서애와 학봉 개인에 대한 평가도 중요하지만 그들의 학문과 사상을 따르고 존경하는 수많은 제자들과도 연결이 되었기 때문이다. 이렇게 오랫동안 정확한 해답이 나오지 않으니 서애파가 호계서원과 결별하고 이곳 병산서원으로 옮겨왔다.

병산서원은 예술적인 감각으로 건축된 아름다운 건물이다. 더구나 초기 교육기관으로 동재東齋와 서재西齋로 나누어 많은

인재들을 육성한 곳이다. 병산서원의 고풍스러운 건물들을 지나 뒤
뜰로 올라가면 배롱나무를 만나는데 매끈하게 곧은 모습으로 하늘
을 향해 치솟은 나무를 바라보면 병산서원의 역사가 보인다. 만대
루에 오르니 소소리바람이 앞쪽 병산에서 휘몰아친다.

추위와는 아랑곳없이 서원 앞 백사장에서는 답사를 같이
온 국사학과의 후배들이 '대동제'를 시작하고 있다. 조별로 발을
묶어 달리기를 하고 있는데 그야말로 단합이 우선되지 않으면 한

걸음도 옮길 수 없는 경기다. 달리고 넘어지면서 병산이 떠나갈 듯
요란스럽다. 후배들은 병산서원의 매화를 쳐다보기나 한 것일까.

　　　병산서원의 앞마당에는 기품 있는 청매화 홍매화가 꽃을
피웠다. 앞산 바람은 분명 다붓한 모습으로 꽃을 피우는 매화를 시
샘하고 있는지 차가운 바람이 지나간다. 전지가위를 들고 두 그루
의 매화나무를 다듬고 있는 유성룡 선생의 후손(류시석 선생)을 만
났다. 매화나무가 이렇게 예쁘게 다듬어진 것을 오랜만에 만난다고

인사를 건네니 아무리 아름다운 나무라도 건물의 정면을 막으면 보기에 흉하기에 시기적절할 때 가지를 다듬고 손질하는 게 쉽지 않다는 말씀이다. 나도 매화를 사랑하고 꽃꽂이를 한다고 말씀드리니 마음에 드는 가지를 고르면 전지해서 주겠노라 하신다. 오늘 좋은 인연을 만나 유성룡 선생의 서원에서 매화 나뭇가지를 얻어갈 수 있다는 것은 분명 기분 좋은 일이다.

> 병산서원의 앞마당에는 기품 있는 청매화 홍매화가 꽃을 피웠다. 앞산 바람은 분명 다붓한 모습으로 꽃을 피우는 매화를 시샘하고 있는지 차가운 바람이 지나간다. 전지가위를 들고 두 그루의 매화나무를 다듬고 있는 유성룡 선생의 후손 류시석 선생을 만났다.

녹엽매綠葉梅는 줄기와 가지가 푸르고, 홍매紅梅는 붉은 꽃이 피는 나무다. 그러나 홍매는 자세히 보면 분홍색에 가까운 색이다. 행매화杏梅花는 홍매에 비교하면 꽃의 색깔이 조금 더 연하다. 살구의 향이 많이 나는 것이 특징이다.

매처학자梅妻鶴子라는 뜻은 중국 항주의 고산에 살고 있는 시인 임화정林和靖(968~1028)이 처자 없이 홀로 서호西湖에 은거하며 울안에 매화나무를 심고 학을 기른 고사故事에서 나온 말이다. 그는 매화를 사랑하여 결혼도 하지 않았다. 매화를 아내라 여기고 학을 자식으로 삼아 초당을 짓고 살며 매화를 가꾸었다고 하니, 얼마나 매화를 끔찍이 사랑하였는지 알 수 있다.

이제 막 꽃망울을 터뜨리고 있는 매화를 선물로 받았다. 기쁨은 잠시뿐이고 어떻게 해야 잘 관리 할 수 있을까 하는 생각뿐이다. 안동 답사는 오후 시간이 되어야 끝나는데 그때까지 어떻게 버틸지 걱정이 된다. 무사히 갖고 간다면 햇살 쏟아지는 창가에 올려두고 안동에서의 즐거운 추억으로 기억될 수 있을 것이다.

강희안의 '양화소록'에는 '매화 가지에 꽃망울이 맺히면 난방에 들여놓고 온수를 가지와 뿌리에 주고 숯불을 피워 차가운 기운을 막아주어야 하며, 만약 나무가 늙어 가지가 빼어나지 못하고 꽃망울이 나오지 않으면 양지쪽에 옮겨 심고 그 뿌리가 뻗는 그대로 두면 큰 나무가 된다.'라고 하였다.

매화는 사랑을 상징하는 백 가지의 꽃 중에서 가장 으뜸이라고 전해지고 있다. 우리에게 친숙한 모란꽃은 부귀를 상징하고, 연꽃은 군자라고 하며, 해당화는 신선이라고 표현한다. 매화는 꽃 중의 꽃이라고 백미고사白眉故事에서 말하고 있다. 매화는 박물관을 가서 살펴보면 여성의 장신구에 많이 등장하는데 특히 비녀에 새겨진 것을 볼 수 있다. 민화의 화조도花鳥圖에 그려진 매화를 보면 세월을 뛰어넘어 많은 사람들의 사랑을 받았던 꽃이다.

안동에서 아파트로 거처를 옮긴 매화는 나의 극진한 사랑을 받았다. 저녁에는 따뜻한 곳으로 옮겨주고 오후에는 흠뻑 햇볕의 사랑을 받게 했다. 물이 차가우면 꽃을 피우지 않을까봐 물의 온도도 맞추어 주고 아침 저녁으로 인사를 건네며 이야기를 했다.

'매화야! 원래 있던 곳을 떠나왔으니 내가 미안한데 그래도 꼭 꽃을 피워야해.'

그리고 며칠 후 마른 매화나무에서 초록빛이 느껴지기 시작했고 귀여운 꽃망울을 터뜨렸다. 안동에서 서울로 이동하며 몸살을 앓았을 매화는 자신의 아픔을 스스로 극복하며 나를 위하여 꽃을 피워준 것이다. 나는 감정을 주체하지 못하였고 유성룡 선생의 후손에게 재빨리 전화를 드렸다.

'매화꽃이 피었어요'

마음이 담긴 선물

오랫동안 단골로 이용하던 식당이 있었다. 바쁜 점심시간
이 끝난 후 종업원들이 휴식을 취하는 시간에도 배고프다고 찾아가
면 싫은 내색하지 않고 반겨주었다. 손님이 붐비지 않을 때면 사장
님은 특별한 안주를 만들어 주셨고, 한가할 때면 우리들과 같이 소
주를 마시기도 했다. 분위기가 화려하지 않고 서민적이라 편하게
찾을 수 있었던 식당이었다.

이곳의 식당에 들어설 때마다 내 마음을 사로잡는 물건이

있었으니 그것은 입구를 지키고 있는 품격 있는 재떨이다. 어쩌다 재떨이라는 용도로 추락했는지 알 수 없지만 예사롭지 않은 놋그릇이다. 나의 짐작으로 수십 년은 되었을 것 같은 재떨이는 언제부터 그 자리를 지키고 있었는지는 알 수 없다. 다만 그렇게 푸대접을 받

> 죽순竹筍을 놋그릇에다 꽂아보기로 했다. 아직은 어려서 가위질이 필요없을 정도로 부드러운 죽순을 손질하여 놋그릇에다 꽂았다. 밑받침도 조금만 사용하고. 장미도 몇 송이만 꽂아 간결하게 작품을 만들었다.

을 만큼 하찮은 그릇은 분명 아니라는 사실이다. 놋그릇은 휴지통이 되기도 하고 비가 쏟아지는 날에는 우산꽂이가 되기도 하면서 다용도로 사용되고 있었다.

언제부터인가 놋그릇에 호기심이 생겼다. 식당에 갈 때마다 그 자리를 지키고 있는지 확인하는 버릇이 들었다. 지름이 40cm 정도 될 것 같은 놋그릇도 분명 호시절이 있었을 것이다. 몸값이 비쌀 때는 부잣집에서 최고의 대접을 받았을 게 틀림없다. 맛있는 나물을 무쳐서 고추장과 참기름을 듬뿍 넣어 비빔밥 그릇으로 사용되었을까. 혹은 여름날의 냉면 그릇이나 잔치국수 용도로 사용되었던 것일까.

놋그릇에 욕심이 생기기 시작했다. 우리 속담에는 '질그릇 깨고 놋그릇 장만한다.' 라는 속담이 있다. 하찮은 것을 잃고 더 좋

은 것을 얻게 된다는 내용이다. 또한 자신의 욕심을 버리고 그릇에 맞게 살아가라는 뜻으로 '그릇도 차면 넘친다.' 라는 말도 있다. 대기만성이란 뜻은 큰 그릇을 만드는데 시간이 많이 걸린다는 뜻이다. 세상을 다 포용할 만큼 너그러운 마음을 가진 사람을 큰 그릇이라 부른다. 큰 그릇은 하루아침에 만들어지지 않는다. 경험을 쌓고 시행착오를 겪으며 성장해 가는 것이다. 노력하지 않고 하루아침에 이루어지는 것은 아무것도 없다.

재떨이가 아닌 그릇의 용도는 무엇이었을까. 어디에 사용하면 안성맞춤일까. 혼자서 생각하다가 식당 사장님에게 그릇을 꽃꽂이 수반으로 사용하면 제격일 것 같다는 것과 다음에 필요하지 않을 때 갖고 싶다는 말씀을 드렸다. 시어머니께 물려받은 그릇이라고 하면서 완강히 거부하신다. 놋그릇에 대한 추억이 어찌 내게만 있겠는가.

어릴 때 정월 그믐날 저녁이었다. 부모님께서는 목욕재계하시고 정성껏 제수음식을 장만하였다. 그 이전에 하는 일은 놋그릇 닦는 일이었다. 기왓장 가루를 짚수세미에 묻혀 가족들이 둘러앉아 반짝반짝 윤이 나도록 닦아야 하는 연례행사였다.

얼마 전의 일이다. 재떨이는 까마득히 잊고 있는데 식당 사장님한테서 연락이 왔다. 그릇을 가져가라는 게 아닌가. 한달음에 식당으로 달려가서 문을 열고 들어가니 그릇은 쇼핑백에 담겨져 있다. "어른께서 주신 물건이라 귀한 것이지만 요긴한 곳에 사용하면 더 좋을 것 같아 드리기로 했어요."

　　네이버에서 놋그릇 닦는 방법을 검색했다. 어린 날의 추억이 있는 기왓장 가루를 생각해 보았지만 쉬운 일은 아닐 것 같았다. 많은 댓글이 올라왔다. 몇 번이나 다양하게 닦는 방법을 시도하면서 놋그릇 원래의 모습을 되찾는데 성공했다. 식당 입구에서 그토록 푸대접을 받았는데도 흠집이 없고 깨끗하다. 오랫동안 방치하다 보니 묵은 때가 두껍게 내려앉아 그릇의 표면을 보호해 주었던 것이다. 귀부인같이 윤기가 흐르고 귀품이 넘친다. 반짝반짝 빛나는 그릇바닥은 얼굴은 물론 마음까지 다 비춰준다.

　　다음날 꽃꽂이 강의시간에 놋그릇을 들고 갔다. 수강생들에게 그간의 사연을 설명하니 모두들 감탄을 한다. "앞으로 식당에 가면 재떨이가 있는지 자세히 살펴봐야겠다."고 하면서 그날 오후에는 꽃꽂이 소재였던 죽순을 놋그릇에다 꽂아보기로 했다. 아직은 어려서 가위질이 필요 없을 정도로 부드러운 죽순을 손질하여 놋그릇에다 꽂았다. 밑받침도 조금만 사용하고. 장미도 몇 송이만 꽂아 간결하게 작품을 만들었다.

　　조선시대 백자에다 청미래 한 대 꽂아두고 행복해하던 양반들을 떠 올렸다. 재떨이에서 꽃꽂이 수반으로 신분상승을 한 놋그릇은 앞으로 새로운 주인과 함께 향기로운 일생을 살아가게 될 것이다.

행복을 찾아서

올해는 유난히 무더위가 기승을 부린다. 8월의 오후 광고를 부탁하기 위해 사업을 하는 K 수필가를 만나러갔다. 먼저 사무실의 위치를 확인한 후 전철을 타기로 했다. 전철역에서 그의 사무실까지는 5분 정도의 거리라고 했지만 무더운 날씨 탓인지 10분도 더 되는 것 같았다. 사무실에 도착하기도 전에 온몸이 땀으로 젖고 얼굴의 화장까지 얼룩이 진다.

해외상사 주재원으로 전 세계를 누비고 다닌 그의 사무실은 생각보다 검소하다. 그동안 수출한 상품들이 진열되어 있고 많은 책이 꽂혀 있는 것으로 봐서 평소에 독서를 많이 한다는 것이 실감이 났다. 사업이 어렵지 않느냐는 나의 질문에 요즘 힘들지 않은 회사가 어디 있느냐고 한다. 그의 얼굴 표정에서 나는 더 이상의 질문은 하지 못했다. 업무적인 이야기가 끝났을 때 그가 나를 부른다. "홍 국장 이것 좀 봐요" 그가 사무실 책상 뒤쪽의 창가를 손으로 가리킨다. 그곳으로 가까이 다가가서 탄성을 질렀다. 그것은 반가움이기도 하지만 고마움이었다.

지난해 늦은 여름이다. 꽃꽂이 수업시간에 수강생들과 작은 화초들을 모아 테라리움을 만들었다. 테라리움은 따뜻한 햇볕만 있으면 잘 자라고 집 안에서 녹색의 싱그러움과 함께 미니 정원 분위기를 낼 수 있는 것이다. 그때 작은 유리병에 돌과 숯을 깔고 제주 풍란으로 소품을 몇 개 만들었다. 그것이 자동차 안에 실려 있었는데 K 선생님이 사무실을 방문했기에 선물로 건네주었다. 그 중의 하나를 집에서 키웠지만, 봄이 오기도 전에 풍란은 죽었고, 기억 속에서 잊혀졌다.

나는 창가로 다가섰다. 내가 선물한 것은 그대로 인데 그 풍란 앞에는 장식으로 귀여운 수석이 자리를 잡고 풍란은 예쁘게 자라고 있었다. 어쩌면 이렇게 잘 키웠느냐고 물어보는 내게 "세상에 모든 것은 정성이죠. 식물을 가꾸는 것이나 사업을 하는 것 모두

다 최선을 다 하는 것이니까요." 하고 대답하시는게 아닌가. 식물과 가까이 지내는 나 자신이 풍란을 싱싱하게 키우지 못한 것이 그에게 미안했다. 정성을 들이고 최선을 다 한다는 그 말을 누구보다 잘 알면서 행동에 옮기지 못한 것이다.

엘리베이터 문이 닫힐 때까지 그 자리에 서 계시면서 배웅해주는 그의 표정에서 어떤 것이라도 자신 있어 보이는 모습을 발견할 수 있었다. 그는 아주 작은 풍란 한 그루에도 관심을 가지고 정을 쏟은 것이다. 세상의 모든 것은 아주 작은 것에서 출발한다는 지혜로움을 터득한 사람이지 않을까. 현재 작은 것에서 최선을 다

할 때 더 큰 것도 얻을 수 있다는 현명함도 갖고 있을 것이다. 그 정
신이 있기에 더 넓은 세계를 뛰고 있지 않겠는가. 요즘은 세계 경제
가 아주 어려운 시기다. 나 자신이 힘들면 상대방도 그렇다. 여러
가지 장애물이 많지만 그에게는 지금보다 훨씬 더 나은 희망의 날

> 나는 창가로 다가섰다. 내가 선물한 것은 그대로 인데 그 풍란
> 앞에는 장식으로 귀여운 수석이 자리를 잡고 풍란은 예쁘게
> 자라고 있었다.

들이 올 것이다.

사무실로 돌아와 책상 앞에서 많은 생각들을 해 보았다.
세상을 살다보면 크고 작은 문제들에 직면하게 된다. 때로는 현명
하게 대처하는 경우도 있지만 그렇지 않은 경우는 또 얼마나 많은
가. 그는 늘 자신의 삶을 긍정적으로 받아들이고 적극적으로 대처
하고 있다는 것을 알 수 있었다.

나의 삶은 어땠을까. 가능보다는 불가능을 먼저 보았다.
그래서 쉽게 절망하고 좌절했던 것이다. 불이 꺼진 사무실에 앉아
나를 돌아보는 시간은 길었다.

기다림의 세월

밖은 이미 어둠이 내려앉았다. 고양시 꽃 박람회장은 자신이 출품할 작품에 마지막 손질을 하고 있는 플로리스트들의 가위 소리만 밤의 정적을 깨뜨린다. 조금의 실수도 용납할 수 없다는 듯 모두 진지하고 사뭇 엄숙하다. 시골 앞마당의 감나무를 옮겨다 둔 것으로 착각할 정도의 대형 작품에서 여백의 아름다움을 강조한 한 송이 꽃까지 전시장 안은 각각의 특징과 의미를 부여한 꽃들의 잔치다.

꽃꽂이도 글쓰기와 같다는 것을 생각해 볼 때가 있다. 하나의 단어를 모아 문장을 만들어야 하듯이, 수많은 꽃들을 예쁘다고 해서 모두다 소재로 선택할 수 없기에 많은 생각과 고뇌의 시간들이 따른다. 온실이나 작은 화단, 넓은 들판과 산에서 자유롭게 피어있을 때는 그냥 꽃일 뿐이다. 그러나 색깔과 배색 혹은 보색으로 조화를 이루고 디자이너의 섬세한 손길을 거칠 때 작품으로 다시 태어난다.

가을걷이가 끝난 들판은 새들만 날아다니고 허수아비가 주인공이다. 열매는 떨어지고 단풍만 쓸쓸하게 남겨진 산수유 길을 따라 쉬지 않고 달린다. 벌써 삼 일 동안의 나들이다. 여주시내를 거의 빠짐없이 돌아다녔지만 단번에 내 마음을 사로잡는 매력적인 항아리를 만나지 못한 탓이다. 오늘은 목아박물관과 신륵사 주위를 돌아볼 계획이다.

나의 어린시절을 돌아볼수록 후회와 안타까움만 더할 뿐이다. 그때는 지금 이 순간 내가 찾아 헤매고 있는 항아리들이 집에 많이 있었다. 어머니께서 이사를 하는 과정에서 없애버린 것도 있지만, 편리한 플라스틱에 밀려 사라져버린 그 항아리들이 못내 아쉬울 따름이다. 여러 곳을 헤맨 탓인지 몸은 지치고 피로가 밀려온다. 첫날 조금 마음에 드는 게 있어 받아둔 명함을 꺼내들고 그 집으로 향했다. 그러나 가격이 만만치가 않다. 생각보다 훨씬 비싸기에 며칠만 대여를 해 달라고 해도 안 된다고 해서 결국 그 항아리를

048 파피루스

구입했다.

　이번 고양시 꽃 박람회의 정식 명칭은 '대한민국 자연예술 명품대전'이다. 작품출품을 접수하고서 나름대로 책과 전시회 사진을 보면서 작품구상을 해 보았다. 많은 망설임 끝에 지금은 우리의 문화에서 사라져가는 옛 것을 떠올리며 주막酒幕으로 주제를 정했다.

　항아리를 제외한 작은 꽃병과 돗자리, 백자술병 등 완벽하게 옛 분위기를 재현하기 위해 황학동 시장을 돌아다녔다. 나를 놀

　　　가을걷이가 끝난 들판은 새들만 날아다니고 허수아비가 주인
　　　공이다. 열매는 떨어지고 단풍만 쓸쓸하게 남겨진 산수유 길
　　　을 따라 쉬지 않고 달린다. 벌써 삼 일 동안의 나들이다. 여주
　　　시내를 거의 빠짐없이 돌아다녔지만 단번에 내 마음을 사로잡
　　　는 매력적인 항아리를 만나지 못한 탓이다.

라게 한 것은 그곳에는 손때 묻은 우리의 정겨운 물건들이 지하에서 3층까지 가득했다. 그야말로 외국의 유명 브랜드만 명품이라 믿고 있던 내게 전해지는 그 충격이란 이루 말할 수 없었다. 우리 것의 소중함을 잊고 살아온 것이다. 유약을 바르지 않은 투박한 그릇에서 어릴 때 나의 밥그릇이던 탕기까지 있었다. 골무와 실패 다리미와 인두 등 장난감이 귀한 시절 가지고 놀았던 그 물건들이 이제 명품이 되어 새 주인을 기다리고 있다.

　그곳에서 판매되는 상품은 부르는 게 값이다. 당연히 프랑

스나 이탈리아의 명품보다 귀한 명품대접을 받는다. 오래된 것이라 구하기도 어렵지만 대량 생산도 불가능한 것이니 어쩌겠는가. 백자 술병을 올려두어야 하는 상床·등燈 작품에 필요한 것은 모두 구입을 했다. 왕골 돗자리도 가난한 선비 집안에서나 사용했을 것 같은 보라색 비단으로 군데군데 꿰맨 것을 샀다.

이튿날이다. 아이를 전철역에 내려주기 위해 같이 차를 타면서 트렁크의 문을 활짝 열었다. 어제 구입한 명품들을 보여주기 위해서다. 안을 들여다보던 아이가 깜짝 놀란다. "엄마! 왜 이렇게 헌것을 사오셨어요?" 하면서 나를 바라본다. "오래된 것일수록 더 비싸다."라고 말하니 아이의 두 눈은 더욱 커진다.

본격적인 작품 제작을 위해 도매시장에다 주문을 한 나무가 마음에 들지 않는다. 울산에 있는 친구에게 포도나무를 부탁했다. 나무의 길이도 적당해야 하고, 곡선의 흐름이 물흐르듯이 자연스럽게 휘어진 것을 구해달라고 했더니 그런 나무는 구할 수 없다는 연락이 왔다. 동양 꽃꽂이의 매력이라면 자연스레 휘어진 곡선의 부드러움이 아닌가. 다른 방법이 없어 까치밥과 치자나무로 소재를 사용하기로 했다.

초가을의 깊은 밤이라 전시장은 추위를 느낄 정도다. 커피를 마시며 졸음을 깨우고 침묵을 지키며 작품을 만든다.

새벽녘에 작품명이 '기다림의 세월'로 탄생되었다.

사랑을 사세요

내일이면 어버이날이다. 부모님에 대해 감사하는 마음은 늘 가슴깊이 간직해야 되는 것이지만 일 년에 단 하루 어버이날을 지정한 것은 자신을 돌아보고 어버이에 대한 은혜를 새삼 다짐하는 일일 것이다.

어버이날을 맞으면서 꽃꽂이 수강생들과 카네이션 바구니를 만들어 판매하기로 했다. 그동안 모여서 같이 의논하고 계획 세웠던 일들을 다시 점검하느라 분주하다. 바구니에서 리본, 카네이

선의 색상에 따라 밑받침은 어떤 꽃으로 할 것이며 가격은 어느 정도가 적당할지 등. 판매 장소는 역삼역 2번 출구로 결정했다. 그곳은 큰 건물들이 있어 직장인들이 많이 이용하고, 유동 인구가 많아 판매를 하기엔 더 없이 좋은 조건을 갖추고 있었다.

아침 일찍 수강생 한 명과 꽃 시장으로 나갔다. 그 전날 컴퓨터 앞에서 꼼꼼하게 기록한 것을 들고 빠짐없이 확인하면서 물건 구입을 하니 시장보기는 생각보다 순조로웠다.

꽃꽂이가 작품으로 완성되었을 때 그것을 감상하는 즐거움은 예쁘다는 감탄사로 대신할 수 있지만, 꽃꽂이를 하나의 작품

으로 완성하기까지는 결코 만만한 일이 아니다. 더구나 나는 동양
꽃꽂이를 하기 때문에 소재는 나무가 많이 사용된다. 굵은 나무들
을 사용하다보니 오른쪽 어깨의 통증으로 오랫동안 정형외과에서
물리치료를 받고 있다. 그래서 요즘은 두꺼운 나무는 톱을 사용하
기도 하고, 수강생들에게도 가능한 나무 자르는 요령만 설명하고
직접 나무를 잘라주는 것은 삼가고 있다.

　　　12시부터 꽃바구니 만들기에 들어갔다. 바구니에 맞추어
오아시스를 잘라 물에 담가두는 것으로 시작되었다. 어버이날에 맞
는 사랑이 가득 담긴 작품을 내가 먼저 sample로 만들어서 수강생

들에게 보여주고 설명을 해 주었다. 처음에는 예쁘게 만들어지지 않는다고 하소연 하더니 이내 프로가 된다. 가격이 높은 것은 조금만 만들기로 하고, 초등학생 정도면 누구나 부담없이 쉽게 구입할 수 있도록 낮은 가격의 바구니를 많이 만들었다.

　　오후 4시 판매를 시작하기로 한 시간이다. 시장조사를 나갔던 수강생이 헐레벌떡 뛰어 들어온다.

　　"선생님! 큰일 났어요. 우리가 판매하기로 한 그 자리에 이미 봉고차가 와서 자리를 잡았어요. 그런데 희망적인 것은 그 꽃바

　　하늘을 올려다보니 별은 보이지 않고 어둠 속에서도 예쁜 꽃들이 모여 서로의 자태를 뽐내고 있는 듯하다. '사랑이 가득한 카네이션 사세요.'

구니는 우리가 만든 것보다 싱싱하지도 않고 예쁘지도 않아요. 더구나 가격이 훨씬 비싸요" 안타깝지만 어쩔 도리가 없다. 굳이 전철역까지 가지 않아도 될 것이다. 왜냐하면 우리는 디자인과 가격에서 승부를 걸기로 처음부터 계획을 세웠으니까 걱정하지 말라며 수강생들을 위로했다. 우리는 꽃꽂이 강의실이 있는 문화원에서 가까운 대구은행 앞에서 판매에 들어갔다. 판매원은 그동안 몸매와 피부 관리에 특별히 신경을 썼다는 효진 씨와 춘희 씨가 맡았다. 꽃꽂이 수업시간에는 언제나 앞치마를 입고 있지만 오늘 그들은 특별

히 의상에도 신경을 써서 그야말로 꽃보다 더 예쁘고 눈이 부실만
큼 아름답다. 강의실에 남아 있는 우리들은 계속 바구니를 만들어
그곳으로 배달을 했다. 조금이라도 늦으면 전화가 울려댄다. 싱싱
한 꽃에다 예쁜 디자인, 다른 곳보다 아주 저렴하게 판매를 하니 꽃
바구니는 많은 사랑을 받았다. 혹시 판매가 되지 않아 재고가 남으
면 어쩌지 하고 걱정한 것은 한낱 기우였고 해질 무렵 한 개도 남김
없이 판매 종료를 했다.

　　저녁에는 전철역에서 카네이션 바구니 판매를 하기로 했
다는 소식을 들은 주위 분들이 꽃이 아직 많이 남아 있으면 구입하
러 오겠다는 전화를 한다. 또한 수강생의 남자 친구들까지 음료수
를 사서 들고 위로를 한다며 찾아왔다. 모든 일을 마무리하고 우리
는 강의실에 모여 꽃바구니 판매에 대한 결과와 그리고 경험에 대
해 이야기를 나누고 앞으로 우리가 개선해야 할 것들은 무엇인지
서로의 의견을 교환했다.

　　어둠이 짙게 내리는 시간 모두 식당으로 향했다. 우리가
만든 작은 꽃바구니가 다른 사람들에게 사랑과 감동으로 이어지고,
그 꽃으로 인해 잠시라도 가족 모두가 향기로움 속으로 빠져들 수
있다면 오늘 우리의 꽃바구니 판매는 대 성공이 아닌가. 나를 이해
하고 계획에서 판매까지 협조해주고 마지막까지 최선을 다 해준 수
강생들이 정말 고맙다. 하늘을 올려다보니 별은 보이지 않고 어둠

속에서도 예쁜 꽃들이 모여 서로의 자태를 뽐내고 있는 듯하다.
'사랑이 가득한 카네이션 사세요.' 하면서 꽃바구니를 팔던 수강생
들의 목소리가 긴 여운으로 남는다.

야생화

겨울 바람이 몹시 차가운 날 오랜만에 광화문으로 외출을 했다. 동아일보 미디어센터에서 김태정 박사의 '백두고원의 야생화' 영상기행에 참여하기 위해서다. 이 행사를 주관한 김태정 박사는 아무도 관심을 가지지 않는 우리 꽃 야생화에 일생을 바쳤다고 해도 과언이 아니다. 야생화를 널리 알리고자 펴낸 '우리꽃 100가지'는 30만 권이나 팔렸다니 그야말로 야생화를 위해 태어나신 분인 것 같다. 그는 야생화가 있는 곳이면 죽음의 위험을 두려워하지

058 파피루스

않고 찾아 나선다고 한다. 어느 한 분야에서 남에게 인정을 받기가 결코 쉬운 일은 아니다. 홀로 걷는 길은 또 얼마나 외로운가. 남들이 걷지 않는 험난한 외길을 걸어와 정상의 자리에 오르기까지 그의 걸음은 얼마나 힘들고 고된 순간들이 많았겠는가. 지금은 우리나라 어디를 가더라도 거의 포장된 길이고, 디지털 카메라에서 컴퓨터 저장까지 모든 여건이 아주 좋아졌다. 그는 꽃이 피는 모습을 카메라에 담기 위해 꼼짝 않고 몇 시간을 기다리기도 하고, 물이 없

꽃꽂이를 하면서 수많은 꽃들을 만나지만 야생화를 닮은 정겨운 이름들을 아직 들어보지 못했다. 금강애기나리, 죽대아재비, 우리에게 에델바이스로 더 알려진 솜다리, 꽃다지, 어린 날 어머니께서 젖풀이라 부르시던 애기똥풀, 복주머니꽃, 처녀치마 등 한 순간의 화려함보다, 보면 볼수록 정겨움이 묻어나는 우리 꽃을 더 사랑해야겠다.

어 양치질을 못하고 며칠을 지내기도 했다.

1997년 민통선 북방지역 학술조사를 시작으로 무려 15년 동안 백두산의 야생화를 촬영하고 있는데 백두산은 볼 때마다 '항상 더 새롭고 더 아름다우며 더 장엄하게 느껴진다'고 말한다.

오래전 나 자신도 야생화의 매력에 흠뻑 빠진 적이 있었다. 야생식물원을 찾아다니고 자동차에다 야생화 책을 싣고 다니며 새로운 꽃을 보면 이름을 찾아보곤 했다. 조금만 정성을 쏟으면 집

에서도 키울 수 있을 것 같아 산에서 잘 자라고 있는 야생화를 뿌리째 캐다가 급히 돌아온 적도 수없이 많았다. 물과 신문지를 갖고 다니며 마르지 않게 포장을 잘 한다고 해보지만 집에 도착하기도 전에 말라 죽는 우를 범하기도 했다. 지금 생각해보면 참으로 부끄러운 일들이다. 우리의 눈에는 하찮게 보이는 작은 풀 한 포기와 나무 한 그루까지 자신의 자리를 지키고 있을 때 더 아름답다는 것을 모르고 저지른 일들이다.

백두산에는 약 1,800여 종의 식물이 자라는데 고산지대라 식물의 키가 20cm 안팎으로 바닥에 붙어 자라거나 덤불처럼 무리로 지어서 자란다. 백두산 동북고원지대에서 자라고 있는 바위구절초와 두메양귀비꽃을 영상으로 만나는 순간 탄성을 질렀다. 우리가 살아가고 있는 들과 산에 피어나는 많은 꽃들이 그곳 백두산에서도 예쁘게 꽃을 피우고 있다는 것이 그저 고마울 뿐이었다. 아버지께서 좋아하시던 원추리꽃을 닮은 '날개하늘나리'와 자작나무도 압록강 상류에서 많이 자라고 있다는 사실에 그 꽃을 만나러 가고 싶은 충동을 느꼈다. 사람들은 때로 사소한 일에도 서로 시기하고 미워하면서 살아가는데 야생화는 그곳의 세찬 바람을 이겨내며 묵묵히 자신의 몫을 다 하고 있다는 사실이 놀라웠다. 사람들이 찾아와 예쁘다고 말해주지 않아도 자신만의 영역에서 단단히 뿌리를 내리고 이듬해 봄에 더 예쁜 꽃을 피우기 위해 혹한의 추위를 견뎌낸다.

백두산은 8월 상순에 첫 서리가 내리고 다음 해 7월 하순에 마지막 서리가 내린다니 서리가 내리지 않는 기간이 일 년에 고작 20일 정도밖에 되지 않는 추운 곳이다. 그 모든 악조건 속에서도 강철과 같은 강인함으로 꽃을 피우는 야생화의 끈질긴 생명력은 바로 우리 조상들의 삶을 닮지 않았는가. 바이칼 호수 옆에서 발견되었기에 '바이칼 꿩의 다리'라는 야생화와 붓꽃, 원추리 등 이들은 분단된 조국의 안타까움을 알기라도 하듯이 서로 의지하며 백두산을 아름다운 군락지로 만들고 있었다.

우리들이 잠든 깊은 밤에 피는 꽃들이 많다는 것을 이번 영상전을 시청하면서 새롭게 알 수 있었다. 백합과의 '날개하늘나리'는 자신의 모습을 남에게 보여주는 게 수줍어서인지 밤에만 예쁜 꽃을 피운다. 우리의 꽃 무궁화는 오전 9시에서 4시까지 꽃을 피우고, 참나리는 밤 9시쯤에 꽃을 피운다. 내 마음을 빼앗길 것처럼 청초한 수련은 오전 6시에서 12시까지 꽃을 피운다는 것을 알게 되었다.

꽃꽂이를 하면서 수많은 꽃들을 만나지만 야생화를 닮은 정겨운 이름들을 아직 들어보지 못했다. 금강애기나리, 죽대아재비, 우리에게 에델바이스로 더 알려진 솜다리, 꽃다지, 어린 날 어머니께서 젖풀이라 부르시던 애기똥풀, 복주머니꽃, 처녀치마 등 한 순간의 화려함보다 보면 볼수록 정겨움이 묻어나는 우리 꽃을 더 사랑해야겠다. 따뜻한 온실에서 자란 꽃보다 겨울의 매서운 추위와 여름날의 무더위를 잘 견뎌낸 우리의 야생화이기에 더 정감이 가고 애틋함이 있지 않은가.

그러나 이미 외국에서는 우리의 야생화를 다른 꽃과 접목시켜 자기들만의 새로운 꽃으로 계발하고 있다니 안타까운 일이다. 야생화를 지키고 사랑하는 일은 온갖 시련 속에서도 희망의 끈을 놓지 않았던 우리 민족의 삶을 사랑하는 일이라 여겨본다.

박태기나무

내게는 세상 누구도 알지 못하는 놀이공간이 있다. 아무나 그곳으로 들어올 수도 없지만 누구에게도 공개하지 않고 꼭꼭 숨겨 놓았던 비밀 공간이기도 하다. 같이 놀아줄 친구가 없어 하루종일 혼자 뛰어 놀아도 심심하거나 싫증나지 않은 곳이다. 바람 부는 날이면 바람 소리를 듣고 비가 내리면 빗소리를 듣는 곳이다. 살아간다는 게 힘들고 지칠 때 스스로를 위안 받을 수 있으며 미래에 대한 더 큰 용기를 얻을 수 있는 곳이다.

어느 봄날이었다. 늘 정문을 통해서만 다녔는데 그날은 집으로 들어가는 방향을 평소 다니는 길이 아닌 아파트 사이의 작은 오솔길로 들어섰다. 아마 봄 햇살의 유혹이었을 것이다. 개나리꽃은 이미 노란색은 보이지 않고 파란 잎이 무성하다. 이제 얼마 후면 감꽃이 떨어지게 될 것이다. 라일락 향기에 취해 걷고 있는데 높은 담 앞에 서 있는 한 그루 나무가 눈에 들어왔다. 새색시마냥 수줍은 모습으로 예쁜 꽃을 피우고 있는 것은 '박태기나무'였다. 햇수가 오래된 것 같지는 않았고 나의 짐작으로 5년여 정도가 된 것 같았다. 처음 아파트 입주 때부터 지금까지 30여 년 동안 건물의 높이보다 더 많이 자란 나무들을 올려다보았다. 박태기나무는 오랜 비바람을 견뎌온 키 큰 나무들 속에서 작고 가녀린 자신의 모습을 보여주기 싫어 숨어있던 것은 아니었을까. 살그머니 자홍색의 박태기꽃을 어루만졌다. 부드러운 감촉은 봄 햇살보다 더한 포근함이다. 집으로 뛰어가 디지털 카메라를 챙겨서 다시 박태기나무에게로 향했다.

초등학교 때 M이라는 친구와 당번을 같이 하게 되었다. 어떻게 하면 다른 친구들보다 더 예쁘게 교실을 꾸밀 수 있을까 걱정하며 들판을 걸었다. 그때 나에게 주어진 책임을 어떤 방법으로 잘 마무리해야 선생님께 칭찬을 들을 수 있나 그게 더 큰 걱정이었던 것 같다. 그날 친구와 나는 꽃을 꺾어다 교실에 꽂아두는 계획을

자홍색의 박태기꽃을 자세히 관찰해보면 쌀로 뻥튀기를

한 것과 거의 흡사하다. 큰괭이밥, 조팝나무, 며느리밥풀

등 보릿고개를 넘으며 가난하게 살아온 백성들이기에 나

무를 바라보면서도 허기진 배를 채울 수 있도록 그렇게 이

름을 붙여둔 것이다.

세웠다. 아침에 일찍 친구를 만나서 그곳이 무엇을 하는 곳인지도 모른 채 우리들이 재실齋室로 부르던 곳으로 갔다. 그곳은 큰 기와집이 두 채 정도였고 대청마루가 있었던 곳으로 기억된다. 밤나무가 많았던 산 아래쪽에 있었는데 정원이 넓고 아름답게 꾸며져 있었다. 그때의 나는 할미꽃과 채송화, 해바라기 꽃만 알았으니 그 정원은 온통 신비로움이었을 것이다. 앞마당에 원추리만 무성했던 우리집과 비교조차 못할 만큼 예쁜 나무가 많은 그 정원을 많이 부러워했던 기억이 새롭다. 친구와 같이 나무 위로 올라가 자홍색의 꽃을 한 아름씩 꺾었다.

　　나는 큰 비밀이라도 되는 것처럼 어린 날의 추억은 혼자만 알고 기억 속에 묻어두었다. 그러나 해마다 봄이 오면 이름 모를 그 꽃도 나를 찾아왔다. 꿈 속에서 잠깐 스쳐간 일처럼 아득한 추억으로 남겨지는 게 아니었다. 예전보다 더 선명한 색깔로 기억의 언저리를 맴도는 그리움이었다.

　　세월은 빠르게 흘렀고 꽃꽂이를 하면서 그것은 '박태기나무'였다는 것을 알게 되었다. '의혹'이란 꽃말을 가졌으니 나 또한 수십 년 동안 그 꽃에 대해 의혹을 가지며 짝사랑한 것이다.

　　박태기나무는 밥풀때기라고 부르기도 한다. 아주 작은 자홍색의 박태기꽃을 자세히 관찰해보면 쌀로 뻥튀기를 한 것과 거의 흡사하다. 큰괭이밥, 조팝나무, 며느리밥풀 등 보릿고개를 넘으며 가난하게 살아온 백성들이기에 나무를 바라보면서도 허기진 배를 채울 수 있도록 그렇게 이름을 붙여둔 것이다. 어디 그뿐인가. 우리의 어머니들은 추운 겨울이 지나면 가장 먼저 봄소식을 전해주는 쑥으로 죽을 끓여먹으며 고단한 삶을 살아왔다. 얼마나 배고픈 민족이었으면 들판에서 예쁜 꽃을 피우는 야생화를 바라보면서도 꽃을 바라보는 여유보다는 먹을 것을 먼저 생각했을까. 솜나물, 윤판나물, 조개나물, 피나물 등 눈물겹도록 슬픈 이름이 아닌가. 우리의 보릿고개는 사람들만 힘겹게 넘어온 게 아니다. 꽃도 나무도 그 험한 길을 같이 동행해온 것이다.

나는 그때 찍은 박태기나무를 미니홈페이지에다 올려두었다. 박태기나무는 이제 꽃을 볼 수 없지만 내년 봄에는 다시 만나게 될 것이다. 그러나 내 마음 안에서는 아직도 박태기나무가 앙증맞은 꽃을 피우고 있다.

당번이던 친구와 꽃을 꺾어 교실에다 다시 꽂아두고 싶다.

추억으로 달려가는 간이역

추억은 가고 사람은 남는다

긴 장마의 끝자락이라 하늘이 맑고 푸르다. 집 앞에 있는 놀이터에서 건물보다 더 높이 자란 나무들을 바라본다. 박태기나무와 은행나무가 눈앞에 있고 모과나무에 모과도 매달렸으며 감나무 밑에는 풋감들이 떨어져 뒹굴고 있다. 한껏 푸르른 나무들은 아파트와 더불어 이 자리를 지켜왔다. 겨울에는 하얀 눈이 되어 내 마음까지 동심으로 돌아갈 수 있었고 봄이면 새싹이 움트는 소리에서 희망을 보게 된다. 방학을 맞은 아이들이 그네를 타면서 재잘거리는 소리에 나의 생각도 깨어나고 건너편 산을 바라보니 예쁜 구름이 산을 넘는다.

　　나무 그늘 벤치에 앉은 나는 오랫동안 가슴에 숨겨놓고 짝사랑했던 한 남자를 떠 올린다. 누군가 짝사랑은 사랑이 아니라고 했었다. 나의 마음을 상대방에게 전할 수 있는 사랑하는 사람이라면 오직 핑크빛으로만 표현할 수 있을 것이다. 그러나 짝사랑은 나 혼자만의 느낌으로 여러 가지 색깔의 물을 들일 수 있으니 얼마나 넉넉한 사랑인가. 무더운 여름날이면 초록의 색깔로 다가가고, 추운 겨울이면 따뜻한 마음을 빨강색으로 표현할 수도 있다. 애틋한 짝사랑이라면 혼자만의 추억 속에다 깊이 묻어두고 가끔씩 혼자서 그를 만날 수 있다는 것도 행복하지 않겠는가.

　　나는 지금 '바람의 아들'을 생각한다. 국민들이 힘들 때 용기와 웃음을 주고 때로는 패배의 눈물까지 같이 흘렸던 '기아 타이거즈' 야구단 소속의 '이종범' 프로선수다. 그러나 지금 바람의 아들은 화려했던 지난 세월을 뒤로한 채 깊은 침묵 속에 잠겨있다. 그에게는 한 시즌에 84개라는 최다도루의 경력이 있으며, 야구선수로서 최고의 희망과 꿈이라고 할 수 있는 골든글러브상을 여섯 번이나 수상한 저력이 있다. 야구를 사랑하는 팬들은 이종범을 살아있는 전설이라고 부르는데 주저하지 않는다. 스물세 살의 젊은 나이에 프로야구 선수가 되어 첫해에 소속팀을 한국시리즈 우승으로

사랑했던 사람을 기억 속에서 떠나보낸다는 게 얼마나 가슴

시린 아픔이겠는가. 그 아픔은 세상 무엇으로도 치유될 수

없는 깊은 상처로 자리잡는 것이다. 내게서 바람의 아들과

함께한 추억은 떠나가고 무더운 여름날 긴 슬럼프를 탈출하

지 못한 이종범 선수는 2군에 남았다.

이끌며 MVP에 오른 것이다. 그때부터 나는 이종범 선수를 관심있게 지켜보기 시작했다.

　1997년 바람의 아들은 국내 야구팬들의 격려와 사랑을 뒤로한 채 성공해서 돌아오겠다며 바다를 건넜다. 일본 주니치 드래곤스에 입단을 하게 된 것이다. 그때 이종범은 야구방망이에다 참을 인忍 자를 새겨놓고 선수 생활을 했다고 전해진다. 그가 일본으로 떠나간 후 기대한 만큼의 성적은 나오지 않고 극심한 스트레스로 인해 탈모로 고생한다는 신문기사는 마음까지 우울하게 했다. 어쩌면 '스즈키 이치로' 보다 더 많은 사랑을 일본에서 받고 싶은 욕심인들 없었겠는가. 이종범이 가장 힘들었던 순간은 무엇보다 잦은 부상이었을 것이다. 야구 천재인 그가 상대편 투수에게 볼을 맞고 수술까지 하는 아픔을 겪는다. 그때 많은 사람들은 이종범의 야구 인생도 그렇게 조용히 막을 내리는 것으로 생각했을 것이다.

　2001년이었다. 바람의 아들은 나를 실망시키지 않았다. 일본에서의 악몽을 가슴에다 묻고 국내 프로야구단에서 3억 원을 훌쩍 뛰어넘는 최다연봉이라는 또 하나의 전설을 만들며 화려하게 기아에 입단을 하게 된다. 지금이야 8억 원에 가까운 연봉을 받는 선수도 있지만 그때는 많은 선수들의 꿈이고 희망이었다. 그날 이후 도루왕은 부활을 꿈꾸며 높게 비상하기 시작했다. 그를 사랑했던 예전의 팬들이 다시 그라운드로 돌아오고 엄청난 관중들의 이동이 시작되었다. 오죽하면 소속 팀에서 매 경기마다 이종범의 팬들만 3000명이라고 표현했겠는가. 그러나 지금 바람의 아들은 1군에서 2군으로 추락하고 있다. 어디 그뿐인가. 몇 년 동안 팀의 맏형 노릇을 하면서 주장을 맡았는데 그곳에서도 밀려나며 야구 인생에서 최대의 위기를 맞고 있는 것이다.

언젠가 서해안의 해넘이를 본적이 있다. 하늘의 붉은 해가 바다로 풍덩 빠져버렸다는 표현이 적절할까. 어떤 미사여구도 필요치 않은 순간이었다. 찬란하게 떠오르는 태양의 아름다움보다 저무는 해가 나의 마음 안에다 커다란 감동을 안겨준 그곳에서 오랫동안 바다를 바라보았다. 어둠이 사라지면 태양이 다시 희망으로 다가올 것이고 대중들의 사랑을 받는 새로운 인기스타도 탄생하는 것이다. 어쩌면 그 인기는 물거품 같은 것일 수 있다. 이종범 선수도 지난날의 그 찬란했던 시절이 있었기에 지금의 어둠을 극복하기가 더 힘들지 않겠는가. 수많은 팬들이 자신에게 보여주던 그 환호를 기억하고 있기에 지금의 부진이 더 절망스러울 수 있을 것이다.

사랑했던 사람을 기억 속에서 떠나보낸다는 게 얼마나 가슴 시린 아픔이겠는가. 그 아픔은 세상 무엇으로도 치유될 수 없는 깊은 상처로 자리잡는 것이다. 내게서 바람의 아들과 함께한 추억은 떠나가고 무더운 여름날 긴 슬럼프를 탈출하지 못한 이종범 선수는 2군에 남았다. 건강이 좋지 않거나 장기간의 성적부진에서 2

군으로 추락하는 선수들도 있지만 2군은 거의 신인들이라고 생각하면 될 것이다. 홈런이나 안타 등으로 경기가 끝난 후 신문에다 얼굴을 알리면서 스타의 대열에 합류하는 선수들도 있지만 어디 그게 쉬운 일이던가. 그들도 엄연한 직장이기에 정리해고를 두려워해야 하고 다른 구단으로 트레이드되는 아픔도 겪는다. Baseball bat를 구입하는 것조차 경제적 부담을 느낀다는 프로야구 2군 선수들도 있다는데 나는 그들이 희망을 만나는 꿈을 꾸었으면 한다. 왜냐하면 어둠이 깊을수록 하늘의 별은 더 반짝이기 때문이다.

이종범이 출전하는 경기를 관람하기 위해 잠실야구장을 많이 갔었다. 10월 중순에 시즌을 마감하는 프로야구는 야간 경기가 열리는 날이면 밤 바람이 차갑기에 담요와 뜨거운 커피까지 들고 가서 승리의 기쁨을 같이 나누었다. 우승했을 때의 잠실구장은 팬들의 함성과 눈부신 조명, 아름다운 불꽃놀이로 인해 평생 잊을 수 없는 감동이다. 그것은 오직 그라운드의 선수들과 관중석의 팬들만이 만들 수 있는 환상적인 한 편의 드라마다. 그중에서도 한국시리즈 우승을 했을 때 집에까지 노래를 부르며 걸어왔던 그 순간들도 이제 추억으로 남게 되는 것인가.

이종범은 눈물이 많은 선수라고 전해진다. 초등학교 때부터 야구를 시작했으니 프로야구 선수로서 정상에 오를 때까지 얼마나 힘든 과정이 많았겠는가. 금의환향하고 싶었던 일본에서 쓸쓸히 돌아오며 참아야 했던 아픔의 눈물과, 1군으로 복귀하기 위해 땀과 함께 흘리고 있을 그 뜨거운 눈물이 이젠 멈추었으면 한다. 그리하여 '바람의 아들'이라는 명성을 되찾으며 태풍이 되어 잠실구장을 흔들어주길 기대한다. 자신을 사랑하는 구름 같은 팬들에 대한 보답이 아니어도 좋다. 그가 나의 곁에 있어 오랫동안 행복했기에 이제 추억과 즐거움을 공유하며 살아온 지난날을 기억하면서 슬픔까지 같이 나누고 싶은 것이다.

추억은 떠나고 사람은 남는 것인가.

그리움을 만나다

　　새해도 벌써 중순으로 접어들었다. 예전에는 해가 바뀔 때면 지난해에 대한 반성도 해 보고 새로운 계획도 세웠다. 나이가 들어간다는 것은 모든 것에서 무기력해지는 것인가 보다. 뭔가를 새로 시작해야 한다는 의욕도 용기도 사라져버린 듯하다.

　　옷을 갈아입고 마스크에 모자를 착용했다. 그냥 집 안에만 앉아서 지금 이 기분을 느끼기에는 답답했다. 한강은 찰바당거리는 물결 소리만이 겨울의 정적을 깨뜨린다. 바람을 동행한 채 강변을

달리기 시작했다. 정면에서 바람이 휘몰아치고 있었지만 춥다는 생각조차 잊은 채 과거로의 여행을 시작하는 것이다. 지금은 색깔조차 희미해져버린 추억의 흔적들을 찾기 위한 안간힘이다. 슬픈 영화를 본 것같이 울어버리고 싶은 날이나 웃고 싶을 때에도 어김없이 기억의 언저리에서 가물대던 사람이었다.

　　내게서 세상은 하늘로 올라가는 교회의 첨탑처럼 높고 넓게만 보이던 어린시절이 있었다. 소중했던 추억 속에는 그가 자리를 잡고 있었다. 긴 세월이 흘러갔지만 어딘가에서 가장 빛나는 별이 되어 나를 지켜줄 것이라 믿었고, 어려운 고비가 있을 때마다 어둠을 비춰주는 그런 등불이었다.

어릴 때 집에 손님들이 와서 늦은 시간 돌아갈 때면 어머니는 뒷방에서 등을 먼저 챙기셨다. 가로등이 있을 리 없는 어두운 시골길을 그 등燈은 나그네들의 길잡이였던 것이다. 탱자나무가 있던 마당을 내려서서 큰 길까지 나가는 길에는 돌멩이와 뾰족한 바위도 있었다. 나는 하루에도 몇 번씩 다니던 길이라 눈을 감고도 다닐 수 있었지만 다른 사람들은 어디 그런가. 집에 왔다가 어두운 밤에 귀가하는 사람들에게 빛이 되었던 등불은 어린 내게도 고마움을 느끼게 했던 것이다. 차가운 마루에 서서 그 등불이 보이지 않을 때까지 서 있곤 하였다. 그 풍경들은 오롯이 기억에 남았는데 세상을 살아오며 나는 누구에게도 등불이 되지 못한 채 여기까지 왔다.

오늘 초등학교 때 선생님을 찾았다. 몇 년 전부터 인터넷 스승찾기 사이트를 통하여 선생님을 찾았지만 그런 분은 계시지 않는다는 대답뿐이었다. 이제 마지막이라는 생각으로 경남교육청으로 전화를 했다. 1970년대에는 경남에서 울산으로 전근이 가능했으니 그곳 교육청으로 연락을 해보는 게 어떠냐고 한다. 간절한 마음으로 다시 울산교육청으로 전화를 했다. 나의 신원확인이 끝난 후 년도와 초등학교의 지역, 선생님을 꼭 찾고 싶은 이유까지 고분고분 묻는 말에 대답을 했다. 얼마 후 그곳 교육청에서 연락이 왔다. C 선생님은 작년에 정년퇴임을 하셨고 제자가 찾고 있다는 말씀을 드렸더니 통화를 하고 싶다고 하셨으니까 지금 전화를 해 보라며 번호를 알려준다. 나는 떨리는 가슴을 억누르고 전화를 드렸다. 40년 동안 간직했던 선생님의 목소리다. 모두에게 포근하고 인자하셨던 선생님의 목소리는 크게 변하지 않았다. 오랜 시간 동안 많은 이야기를 나누었다.

그러나 선생님은 나를 기억하지 못하신다. 그때 졸업 사진을 갖고 있으면 같이 보면서 이야기를 하자고 그러셨지만 내게는 사진도 어디론가 사라지고 없다. 선생님은 그때 급우들 몇 명의 이름과 특징을 아직도 기억하고 계셨다. 민우는 얌전했고 영철이는 머리카락이 굵고 억세었으며 미자는 하숙집 딸이었다는 것까지 알고 계신다. 그럼 왜 나는 기억하지 못하시나 순간 서운한 마음도 일어났다.

그날 오후 선생님께서 다시 전화를 하셨다. 졸업 사진을 펴놓고 기억을 더듬었는데 이제 네게 누군지 확실히 알겠다고 하신다. 사진 속에서는 가운뎃줄에 서 있는데 키가 작았고 귀여웠다고 하시며 내가 살았던 집까지 정확히 기억하시는 게 아닌가. 나는 키가 작아서 초등학교 내내 62명의 급우들 가운데 12번이라는 출석

초등학교 때 학교에서 당번이던 날 친구와 함께 꽃을 교실에 꽂았

을 때 선생님은 예쁘다고 칭찬을 해 주셨다. 집 안에 꽃병은커녕 꽃

가위도 없어 칼로 꽃을 잘라서 사이다병에다 꽂았었다. 그날 선생

님의 칭찬은 내게 용기가 되어 플라워 디자이너라는 직업을 갖게

된 중요한 계기가 되었다는 것을 알고 계실까.

번호는 졸업할 때까지 변하지 않았다. 밀가루 음식은 키를 크게 한다는 말을 어디서 듣고 엄마가 계시지 않을 때는 빵을 만들어 먹기도 했었다. 학기 초 담임선생님 앞에 오롱조롱 모여 키를 재는 날이면 언니의 긴 바지를 몰래 입고 와서 까치발을 해 보았지만 고작 도토리 키재기였다. 키가 큰 친구들의 기세에 눌려 싸움도 잘하지 못했고 운동이나 노래를 잘 하는 것도 아니었다. 부유한 가정 형편이 아니기에 어머니의 치맛바람은 애초에 포기하고 살았으니 선생님께서 나를 기억하시는 게 쉽겠는가. '점시'라는 친구가 있었는데 그의 어머니는 계절이 바뀔 때마다 우아한 한복을 입고 수업 중인 복도를 서성거리며 교실 안을 들여다보았다. 그런 날은 집으로 달려가서 점시엄마처럼 왜 학교에 오지 않느냐고 눈물을 흘리기도 했다. 그러나 어머니는 가을운동회 때가 아니면 학교에 오시지 않았다.

초등학교 때의 사소한 일들이 기억 속에서 아픔으로 남아 있었던 것이었을까. 나는 아이들이 학교에 입학하면서부터 학부모의 자격으로 학교에 많은 관심을 가졌고 행사가 있으면 적극적으로 참여하였다.

선생님은 그날 이후 나에 대한 희미한 기억이라도 찾아내기 위해 노력하신 듯 여러 가지 소식을 전해 주신다. 점심시간이면 급식으로 나온 빵을 친구들에게 나눠주게 하였고, 학교 옆에 있었던 하숙집에 심부름을 보냈던 것, 가을이면 알차게 영글었던 벼를 헤치고 메뚜기를 잡으러 다녔던 것도 기억하신다. 그 메뚜기를 나와 영희에게 볶아주셨던 것도 잊지 않으셨다. 또한 졸업 사진과 앨범을 차례대로 소중히 보관하시면서 제자들의 얼굴을 잊지 않으려고 가끔 들여다본다는 말씀도 하신다.

초등학교 때 학교에서 당번이던 날 친구와 함께 꽃을 교실에 꽂았을 때 선생님은 예쁘다고 칭찬을 해 주셨다. 집 안에 꽃병은 커녕 꽃가위도 없어 칼로 꽃을 잘라서 사이다병에다 꽂았었다. 그날 선생님의 칭찬은 내게 용기가 되어 플라워 디자이너라는 직업을 갖게 된 중요한 계기가 되었다는 것을 알고 계실까. 그 꽃의 이름은 몰랐지만 봄날이 되면 자홍색 꽃망울을 터뜨리며 내게로 와서 단아한 꽃을 피웠다. 후에 박태기꽃이라는 것을 알았을 때 꽃 속에 숨겨져 있었던 선생님의 인자하신 모습을 다시 만날 수 있었다.

희망이 싹트는 봄날 술렁이는 교실 분위기를 평정하듯이 검정상의를 입으시고 교실 문을 열며 들어섰던 선생님과의 만남은 엊그제 같은데 벌써 40년의 세월이 훌쩍 지난 것이다.

전국시대 趙나라의 유학자인 荀況은 자신의 저서인 『荀子』에서 '靑出於藍 而靑於藍' 이라는 유명한 말을 남겼다. 지금의 내가 평생을 존경하며 살아왔던 C 선생님보다 더 나을 수는 없다. 그렇다면 선생님께 부끄럽지 않은 제자가 되기 위해 노력하며 살았을까.

선생님은 있어도 스승은 없고 학생은 있어도 제자는 없다는 말을 들었다. 학원 수업시간 늦는다고 학교 수업 빨리 끝내달라는 학생들에게 선생님들은 스승의 권위까지 학원에다 넘겨준 것일까. 어릴 때의 선생님은 감히 바라볼 수 없는 높고 큰 산이었다. 차가움과 따뜻한 마음을 함께 간직하셨기에 선생님의 모습이라도 닮아가고 싶었다.

40여 년의 세월이 흘러도 스승에 대한 존경하는 마음과 고마움을 안고 살아왔던 제자의 마음에는 벌써 봄바람이 불고 있다.

마음의 담

　밖으로 다닐 때면 아파트 사이의 지름길보다 밖에 있는 오솔길을 이용한다. 이곳은 동네 입구에다 공원을 조성하며 설치한 녹색의 길을 만들었기에 봄이면 예쁜 철쭉과 왕벚꽃이 피어나고, 여름이면 나무 그늘을 드리워주는 정겨운 길이다. 지하철에서 내려 이 길을 혼자 걸을 때면 예전 내가 살던 고향의 고샅길을 느낄 수 있어 마음이 안정되고 차분해 지는 것을 느낀다. 높은 담을 사이에 두고 안쪽은 아파트의 높이만큼 자란 울창한 나무들이 있고 담 밖

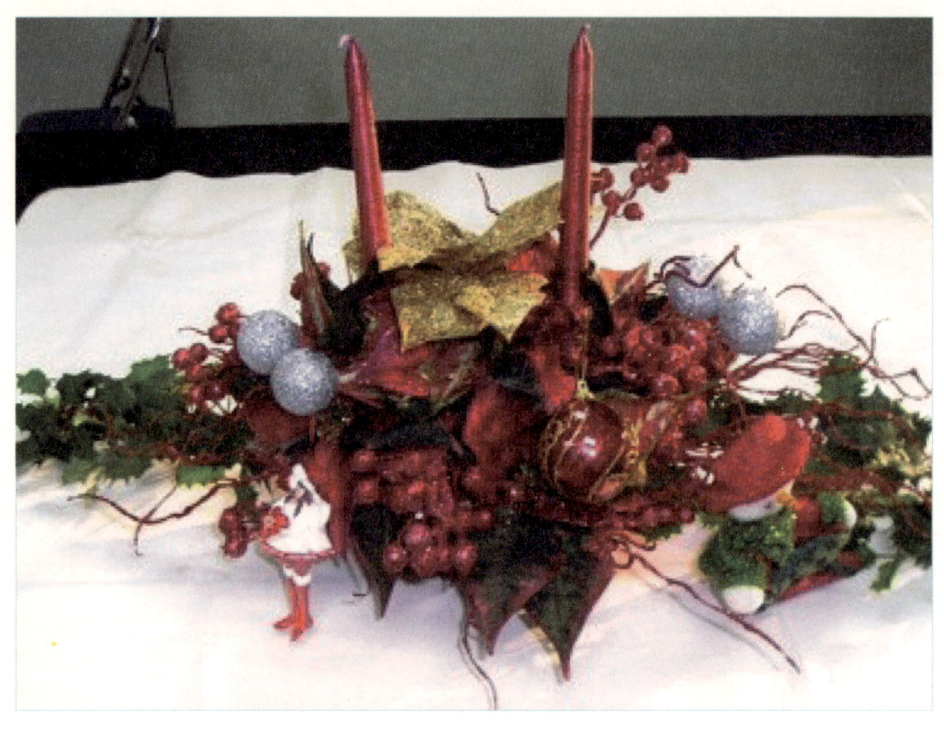

인간의 따뜻한 정이라고는 찾을 수 없는 교도소

안의 담 옆에다 씨앗을 뿌리고, 민들레 홀씨를 바

람에 날리며 그토록 원하던 내면의 자유를 찾아

훨훨 날아오르기도 한다. 철따라 피어나는 많은

꽃들을 건조시켜 차를 만들기도 하고, 열매를 따

로 모아 잼을 만들어 함께 나누어 먹는다.

은 작은 꽃들이 있어 조화를 이룬다.

어린 날 우리집은 담이 없었다. 맑은 물이 흘러가는 냇가에서 친구들과 하루종일 물놀이를 하다가 집으로 향하는 길은 수백 년은 됐음직한 나무들이 하늘을 향해 뻗어 있었다. 이곳을 지나야만 집으로 들어갈 수 있었으니 내가 가장 무서워하는 뱀이 나타나지 않을까 무서운 길이기도 했다. 하늘을 찌를 듯한 탱자나무가 있는 마당을 지나면 어머니께서 좋아하는 백일홍과 단풍나무, 원추리 꽃까지 그야말로 온통 나무와 꽃이었다. 길을 가는 나그네나 관음사 절로 오르는 사람들까지 그냥 들어오던 곳, 그러니 높은 담을 쌓는다는 게 어쩌면 무리가 아니었을까.

어릴 때는 흙이나 시멘트로 높은 담을 쌓아둔 친구 집들이 몹시 부러웠다. 친구와 놀기 위해 그 집을 찾을 때면 높은 담 앞에서 자신도 모르게 친구를 부르는 목소리가 작아지고 위축되기도 했었다. 그래서 인지 면소재지에 있는 큰아버지 댁을 자주 찾았다. 내가 다니는 초등학교 교문 앞에 있던 큰집은 학교 선생님들이 하숙을 하고 방을 얻어 자취를 하기도 했다. 할머니께서 머물기도 하시던 큰집은 그곳에서는 손꼽힐 정도의 재산을 가진 집이었다. 나무로 만든 큰 대문은 태극무늬가 있었는데 어쩌다 문을 밀어보면 소리가 크게 나고 무거웠다. 학교를 오가는 길이나 점심시간, 친구들이 볼 때면 더 많이 큰집을 들락거렸다. 이렇게 높은 담이 있고 넓은 집이 나의 큰집이란 것을 자랑하고 싶었기 때문이다.

그러나 어느 때부터 높은 담이 결코 좋은 것만 아니라는 것을 알았다. 높은 담을 쌓고 그 위에다 뾰족한 철근이나 유리조각 같은 것을 꽂아둔 집 앞에서는 곱지 않은 시선을 보내기도 했었다. 사람과 사람의 경계선인 담이란 게 얼마나 삭막한 것인가. 그러나 요즘은 우리 주변의 아파트들도 담을 허물고 크고 작은 바위들과 꽃으로 담을 만든 곳도 많이 있다. 관공서도 자연 친화적인 담을 만든 것을 보고 경직되지 않은 정겨움을 느꼈다.

오솔길을 걸어오며 나 자신에게 자주 질문을 해본다. 나는 기억하지 못하지만 무의식중에 내 뱉은 말들이 많은 사람들에게 마음의 담을 높이 쌓게 한 적은 없었을까. 안과 바깥을 구분하는 높은 담은 누구에게나 확연히 드러나지만, 보이지 않는 담을 쌓아놓고 아무렇지도 않은 듯 잊고 살아가는 것은 아닌가. 혹여 자존심 때문에 그 담을 허물지 못하고 더 높이 쌓아올리고 있지는 않을까.

최근에 읽은 '야생초 편지'는 자유와 구속이란 경계가 그어진 높은 담 안의 교도소에서 지내는 어느 수형자의 이야기다. 자유를 갈망하는 그는 산과 들 어디에서나 자유롭게 피고 지는 꽃과 식물을 가꾼다. 인간의 따뜻한 정이라고는 찾을 수 없는 교도소 안의 담 옆에다 씨앗을 뿌리고, 민들레 홀씨를 바람에 날리며 그토록 원하던 내면의 자유를 찾아 훨훨 날아오르기도 한다. 철따라 피어

나는 많은 꽃들을 건조시켜 차茶를 만들기도 하고, 열매를 따로 모아 잼을 만들어 함께 나누어 먹는다. 교도소의 높은 담 안에 갇혀서도 그는 자유인이었고 동료들에게도 순간적으로 저지른 실수에 대하여 조금씩 반성하게 되는 계기를 만들어주며 서로 교감을 이루어 나간다. 이 책을 읽으며 교도소의 높은 담도 조금만 더 낮춘다면 범죄가 줄어들지 않을까 생각했다.

언젠가 딸에게 엄마가 했던 말 중에서 혹시 가슴을 아프게 한 말이 있느냐고 물어보았다. 분명히 없었다는 대답을 할 것이라 여겼다. 그런데 딸은 조금도 망설임 없이 대답을 한다. 고3 수능시험이 끝난 날 시험을 잘못 본 것 같아 울고 있을 때 엄마는 위로를 해줄 것이라 여겼는데 "그러니까 평소에 열심히 하라고 했었잖아." 하면서 오히려 자신을 책망했었다고 하는 게 아닌가. 나는 그렇게 말하지 않은 것 같았는데 딸은 그 말을 가슴에 담아두고 있었던 것이다. 아마 지금까지 나는 딸에게 한 말처럼 자신은 기억도 못하면서 나를 아는 사람들에게 무수히 높은 담을 쌓았음이 분명하다.

그 사람이 가진 권력이나 힘 앞에서는 칭찬과 아부를 일삼다가 돌아서면 그에 대한 온갖 비방을 일삼는 사람들을 나는 수없이 만났다. 근거조차 없는 말을 퍼뜨려 죄 없는 사람을 담 속으로 갇히게 하기도 한다. 그래서 요즘 인터넷 실명제가 네티즌들의 뜨거운 호응을 얻고 있는 게 아니겠는가. 정작 본인이 한 행동과 말을 누가 그랬는데 하면서 자신은 교묘하게 빠져나오는 무책임한 사람들은 또 얼마나 많은가. 자신의 앞날을 위해서는 은혜를 입은 사람들까지 무참히 짓밟고 배신하는 사람들도 있다. 원한은 더 큰 원한을 낳는 법이고 한 번 배신은 또 다른 배신을 낳는다. 법구경에서는 '자신을 해치는 것은 나의 입이다.' 라는 말이 있다.

밖으로 보이는 높은 담이야 사람이 허물 수 있지만 마음을 가로막는 담은 기계로도 허물 수 없다. 이 가을에는 나의 말이 상대방에게 높은 담이 되지 않도록 조심해야 할 일이다. 더구나 책임질 수 없는 무책임한 말은 더욱 조심할 일이다.

시어머니의 유품

　　팔월의 폭염이 내리쬐던 날 시어머니께서 세상을 떠나셨
다. 10년 정도의 투병생활에서 병원과 요양원을 번갈아 다니면서
힘들게 살아오신 분이다. 육체의 아픔보다도 더 힘들었던 것은 시
아버지의 두 번째 부인으로 살아오시면서 겪어야 했던 정신적 아픔
이었을 것이다. 어머니의 삶은 감인堪忍이라는 표현이 적절할 것 같
다. 또한 중환자실에서는 염분이 외부로 배출되지 않아 온몸이 터
질듯이 부어올라 참으로 고통스러워 하셨다. 큰며느리인 나와는 애

증의 관계였다는 게 더 솔직한 표현일 것 같다.

시어머니께서 두 분이라는 것을 알았을 때 참으로 많이 놀라고 당황스러웠다. 큰시어머니는 너그럽고 자애로운 분이셨는데 나하고 식사를 할 때면 숯불에 구운 생선의 뼈를 발라 밥숟갈에 올려주곤 하셨다. 큰시어머니는 자식을 낳지 못한 안타까움을 내색하지 않으시고 둘째 시어머니에게서 태어난 아이들을 친자식이라 여기며 보살폈다. 그러나 외로운 삶을 살아오셨다는 것을 누구보다 잘 알면서 잘 해드린 게 아무것도 없었다. 혹여 한 분에게 관심을 갖다보면 남겨진 분이 서운해 하실까봐 내 마음이 어느 한쪽으로 치우치지 않도록 조심하며 살아왔다. 너무나 차갑고 냉정한 며느리였기에 큰시어머니께서 세상을 떠나신 후 회한으로 인해 오랫동안 마음고생을 했다.

작은시어머니가 시아버지와 결혼해서 집으로 들어올 때 서슬이 시퍼런 큰시어머니께서 안방을 차지하고 계셨으니 시아버지의 따뜻한 눈길 한 번 받아보는 게 쉬웠겠는가. 어머니는 살림을 도맡아 하시고 많은 농사일들을 하면서 젊은 시절을 보냈다. 오죽하면 누가 머슴인지 모를 정도였다는 말씀을 하셨을까. 한 집안에서 세 분이 같이 기거했으니 운명이라고 하기엔 모두에게 불행한 일인 것만은 분명하다. 두 분은 가끔 말다툼을 하셨는데 누구의 잘못인지 확연히 구분되면서도 나는 묵묵무언이었다. 중립을 지켜야

인생여조로人生如朝露, 인생의 무상함은 아

침 이슬이 사라지는 것과 같다는 말이다.

세상 모든 것은 이렇게 무상한 것이다.

만 했고, 두 분 시어머니의 운명에서 나는 자유로워지고 싶었다. 그래서 인지 시댁은 적응이 힘들고 물 위에 떠 있는 기름과 같이 조화를 이루지 못하고 살았다는 게 맞는 표현이다.

어머니의 장례식 날이다. 화장장으로 출발하기 전 노제를 지내기 위해 고향으로 향했다. 동네 정자옆 커다란 느티나무가 어둠이 내려앉은 것처럼 그늘을 드리우고 있다. 건강하실 때 어머니는 이곳에서 가끔 동네 어른들과 시간을 보내셨다. 요양원에 계실 때 집으로 가고 싶다는 말씀을 자주 하셨지만 살아서는 고향집을 찾지 못하셨다. 오랫동안 안주인이 떠나있던 집은 잡초만 무성하다. 어머니의 손때 묻은 세간들은 영정 사진 속의 주인을 맞이한다. 지하수 물이 얼음처럼 차가워서 방학 때면 할머니 댁으로 내려와 펌프로 물을 퍼올리며 장난을 하고, 아궁이에 불을 지피며 즐거워하던 손자들도 이젠 그런 것에는 관심조차 없다. 가을이 되면 누군가에게 손을 탄다며 일찌감치 수확한 단감을 보내주시던 그 나무는 올해도 변함없이 실한 단감들이 주렁주렁 매달렸다.

어머니의 장례식이 끝난 후 요양원에서 짐을 정리했다. 그곳의 원장님이 하얀 봉투 하나를 건네주기에 열어보니 금반지 한 개다. 갑자기 중환자실로 들어가셨으니 그 이전에 반지를 빼서 맡긴 것 같다. 반지를 손가락에 끼어 보았다. 며느리에게 남겨준 유일한 유품이고 선물이다. 오래전에 금목걸이를 해 드렸었는데 어머니는 버스 안에서 날치기를 당했다. 한참 후에 그 소식을 듣고 목걸이를 다시 해 드리려고 했지만 극구 반대를 하신다. 나한테 미안해서 그랬다는 것을 한참 후에 알게 되었지만 목걸이를 다시 해 드리지 않았다. 큰시어머니께는 금반지 한 개도 해 드리지 못했는데 두 번이나 목걸이를 해 드리고 싶은 마음이 없었다는 표현이 더 솔직하다. 오늘은 잊고 있었던 작은 일까지 모든 게 후회스럽다.

어머니의 짐 속에는 한 줌의 팥이 종이에 담겨있다. 팥은 웬 것이냐고 물어보니 요양원에 계실 때 앞의 텃밭에서 어머니께서 직접 따서 깐 것이라고 한다. 어머니는 왜 팥을 이렇게 소중히 여기셨을까.

"할머니께서 팥 심어서 자식들 줘야 하니까 빨리 집으로 가야 한다고 그러셨어요."

어머니는 건강이 회복되면 고향 집으로 돌아갈 수 있다는 희망을 포기하지 않았던 것이다. 농사를 지으며 평생을 살아오셨기에 땅에다 씨를 뿌리고 수확을 해서 자식들에게 보내주고 싶은 그 마음을 어찌 내가 모르겠는가. 어머니는 팥을 보면서 과거를 회상했고 행복했던 추억을 그리워하셨을 것이다.

사람이 한평생을 살다 떠난 후 남겨진 물건들은 살아온 세월의 무게만큼이나 많다. 80여 년을 살아오셨으니 정들었던 물건은 얼마나 많겠는가. 먹을 것 입을 것만 있는 게 아니다. 그러나 어머니에게서 평생 동안 아끼시며 소중하게 간직했던 소지품들은 자식들에게 그렇게 중요한 것이 아니라는 현실이 나를 우울하게 한다. 나도 또한 이 세상을 떠나가는 날에는 오랫동안 애지중지했던 소중한 것들이 자식들에게 처리하기 힘든 짐이 되지 않겠는가. 나의 몸이 건강할 때 정리를 해야겠다는 결심을 굳힌다.

시동생은 햇볕 아래서 구슬땀을 흘리며 어머니의 옷을 불사르고 있다. 집안 어른들께서 너무 많이 태우면 저승길이 무거우니 조금만 태우라고 하신다. 나는 그 옆을 흐르는 실도랑에서 얼굴을 씻고 냇내를 맡으며 무심히 지켜본다. 인생의 마지막은 이렇게 한 줌 재로 남는 것이다. 죽을 만큼 사랑했던 많은 사람들과 소중히 여기던 모든 것들도 이렇게 영원한 이별을 하는 것이다. 어머니께서 자주 오르셨던 위쪽 저수지에서 바람이 불어온다. 팔월의 하늘은 맑디 맑은데 나는 눈물이 흐른다.

인생여조로人生如朝露, 인생의 무상함은 아침 이슬이 사라지는 것과 같다는 말이다. 세상 모든 것은 이렇게 무상한 것이다.

집으로 들어서서 어머니의 흔적이 남겨진 마당 앞 텃밭에다 팥을 골고루 뿌렸다. 이루지 못하고 떠나간 작은 소망을 내가 이루고 싶었다.

어머니! 저승에 가셔서 시아버지와 큰시어머니를 만나시거든 웃으며 재회하십시오. 나는 간절한 마음으로 기도했다.

흔들린 우정

그날 그에게 전화를 하지 않았어야 했다. 궁금하지만 참고 기다리다 그가 내게 연락을 할 때까지 기다려야 했었다. 어둠은 사방을 적막 속으로 몰아넣는데 나는 잠들지 못하고 뒤척였다. 소파에 앉았다가 다시 일어서기도 하고 안절부절하며 몇 번이나 커튼을 걷고 무지개처럼 반짝이는 한강의 가로등을 바라보았다.

나의 성격은 사소한 일들은 가슴 깊이 담아두지 않고 쉽게 잊는 편이다. 그리고 복잡한 세상을 살아가다 보니 작은 일들이야

나의 성격은 사소한 일들은 가슴 깊이 담아두지 않고

쉽게 잊는 편이다. 그리고 복잡한 세상을 살아가다

보니 작은 일들이야 그냥 잊고 사는 것이 생활의 지

혜라는 것을 터득하고 살아간다. 그러나 이번 일은

쉽게 기억 속에서 잊힐 것 같지 않다.

그냥 잊고 사는 것이 생활의 지혜라는 것을 터득하고 살아간다. 그러나 이번 일은 쉽게 기억 속에서 잊힐 것 같지 않다.

지방에서 살고 있는 L은 절친한 친구였다. 자주 만나지는 못하지만 가끔 메일을 주고받으며 서로의 안부를 전하기도 한다.

얼마 전 11월이다. 아이들의 수능시험이 끝날 때를 맞추어 가족여행을 떠나기로 했다. 사실 학생들이 있으면 모든 집안의 일정은 그들에게 맞출 수밖에 없다. 더구나 우리집은 고3 수험생이 두 명이나 되니 더욱 힘든 일이다. 오랜만에 계획을 짜서 해외로 나가려고 했지만 딸아이가 자신은 제주도에도 가보지 못했는데 외국으로 가느냐고 해서 목적지는 제주도로 결정되었다. 왜냐하면 17일은 딸의 생일이고 21일은 결혼기념일이다. 16일 토요일 날 출발하는 것으로 모든 예약을 했다. 그런데 공교롭게도 그날이 친구 L의 딸 결혼식이 있는 날이다. 이미 예약이 끝난 상황에서 청첩장을 받았으니 변경하는 것은 무리였다.

결혼식 전날 금요일 저녁 꽃꽂이가 밤 11시쯤 늦게 끝났다. 다행히 친구의 딸은 신혼 생활을 시작하는 집이 내가 살고 있는 아파트 건너편이라 늦었지만 친구에게 휴대전화를 했다. 그러나 연결이 되지 않았다. 여행을 가는 날과 겹치게 되어 결혼식에 가지 못하는 것을 설명하고 축의금을 건네줄 생각이었다. 늦어도 괜찮으니 연락을 해 달라는 메시지를 남기고 집으로 들어왔다. 그러나 친구에게서 연락은 없었고 이튿날 제주도로 출발했다.

그리고 여행에서 돌아온 며칠 후 친구 L에게 전화를 했다. 결혼식은 잘 끝났느냐고 물었더니 "서울 사는 네가 결혼식에 오지도 않는데 지방에 사는 친구들이 누가 오겠느냐?"고 하면서 서운한 감정을 드러낸다. "하필이면 우리 딸 결혼식날 제주도로 갈게 뭐야. 국외도 아니고 제주도 가면서 결혼식 참석하고 오후에 혼자서 가면 되지." 그러는 게 아닌가.

나는 친구에게 상대방의 입장을 한 번 정도 생각해보고 말을 하라고 했다. 11월은 결혼식 성수기여서 이미 한 달 전에 콘도와 차량, 비행기 좌석까지 예약했는데 그게 취소가 가능한 일이냐고 하면서 가족끼리 같이 가는 여행인데 어떻게 오후에 나 혼자서 가겠느냐고 설명을 했다. 친구는 "제주도 갔는지 안 갔는지 내가 어떻게 알아." 하고 말한다. 남에게 속기만 하면서 세상을 살아왔는지 나조차 믿으려 들지 않는 친구를 이해할 수 없었다. 아무리 친한 사이라고해도 바쁜 일이 생기면 결혼식에 참석을 못할 수도 있지 않은가.

제주도 여행을 뒤로 미루고 결혼식에 참석하지 못한 내게도 잘못은 있다. 그러나 자신의 일은 중요하고 남의 일은 하찮게 생각하는 그 친구의 이기적인 마음을 난 용서할 수 없었다. 개혼인 큰딸 결혼식은 못 갔지만 둘째 딸 결혼식에는 큰딸 몫까지 챙겨줘야

지 생각했던 나는 배신을 당한 기분이었다.

청첩장 때문에 속상했던 일들이 누구에게나 있을 것이다. 나는 이름도 기억나지 않는 사람에게 초대장을 받은 적도 있다. 몇 년 동안 연락이 없던 사람이 결혼식이 있을 때만 청첩장을 보내오는 얄미운 사람도 있다. 결혼식 축의금 액수가 적다고 결혼식 끝난 뒤 감정을 드러내는 사람도 보았다. 좋은 일이니까 널리 알려서 축하를 받고 싶은 마음을 이해 못하는 것은 아니다.

그러나 우리의 문화는 모르는 사람에게 청첩장을 받으면 부담을 느끼게 되는 것은 지극히 당연한 일이다. 축하받아야 할 행복한 결혼식날 진심으로 축하해 줄 수 있는 사람에게 초대장을 보내는 일 그것이 남에게 폐를 끼치지 않는 일이라 여겨진다.

컴퓨터를 켰다. 그리고 저장되어 있는 주소 가운데 친구 L의 ID를 찾았다.

세느강에서

세느강에서 하늘을 올려다보니 예쁜 구름들이 한 폭의 그림 같은 모습으로 떠가고 있다. 흘러가는 저 구름의 목적지는 어디일까. 내가 잠시 집을 비우고 떠나온 서울까지 저 구름도 흘러가게 되는 것인가. 유난히 맑고 높은 하늘이라 어두운 밤이면 수많은 별들이 내게로 쏟아질 것만 같은 곳이다. 서울에서 바라보는 하늘과 또 다른 느낌으로 전해지는 것은 어떤 이유인가. 넓은 땅에서 여유있게 살아가는 이곳 사람들의 낭만과 사랑을 빼 놓을 수 없을 것이다. 다리위에 서 있는 많은 사람들이 손을 흔들며 반겨주는 모습에서 내 고향에 머물고 있는 듯 포근함을 느낀다.

관람객들의 반응은 아랑곳없이 아름다운 율동과 함께 노래를 하기도 하고, 악기를 연주하며 길거리 공연을 하는 젊은이들에게서 자유를 만끽한다. 아이스크림을 먹기도 하고, 어디에서라도 책을 들고 다니며 독서를 하는 그들을 보며 나는 반성을 한다. 또한 뜨겁게 포옹을 하고 있는 연인들 모습에서는 어쩔 수 없이 문화의 차이를 느끼기도 한다.

강 주위를 돌아보니 나의 눈에는 모든 게 성城으로 여겨질 만큼 고풍스러운 건물들이 즐비하다. 수백 년은 되었을 것 같은 아름다운 건축물의 조각품들을 바라보며 부러움과 함께 한없이 작아지고 있는 나를 만난다.

세느강은 약 13km에다 36개의 다리를 만들었다니 그저 놀라울 뿐이다. 파리에서 가장 오랜 역사를 자랑하는 '퐁 네프'는 개통한지가 400년이 되었다고 한다. 그 순간 서울이 떠오른다. 세계 어느 나라 사람들에게도 뒤떨어지지 않는 두뇌와 기술을 가졌음에도 왜 우리는 부실공사에 시달려야 하고 20년이 되기만 하면 재건축을 하려고 서두르는지. '퐁 테 자르'는 우리말로 예술인의 다리라고 한다. '까뮈' '사르트르' '베들레느' 등 그들은 이 다리 위에서 세느강을 바라보며 예술과 인생을 논했다니 예술의 다리인 것은 분명한 모양이다. 나 또한 저 다리 위에서 세느강을 바라보며 불후의 명작 한 편 남길 수 있다면 간절한 희망사항이다. '쏠페리노' 다리는 세느강의 아름다움에 취한 관광객들이 강으로 몸을 던지기에 자살을 많이 하는 다리로 명명되었다. 이곳이 사람들의 영혼을 빼앗아 갈 정도로 아름다운 곳이었던가. 여기서 자살하는 사람들은 분명히 우리의 한강을 보지 못한 사람들일 것이라 생각해본다. '퐁미라보' 다리는 파리의 어느 곳보다도 우리에게 친숙한 곳이다. '기욤 아폴리네르'의 미라보 다리로 잘 알려졌다.

미라보 다리 아래 세느강은 흐르고
우리들 사랑도 흘러내린다……

흘러가는 것이 어찌 사랑뿐인가. 우리는 누구에겐가 떠밀려 늘 어디론가 흘러가고 있다. 그 목적지는 사람마다 모두 다를 것이다. 내가 진정으로 사랑하는 사람과 함께 인생을 가꾸어 나가는 것도 소중한 것이며, 돈을 많이 벌어 갖고 싶은 것 모두 소유하며 살아가는 것도 삶에서 중요한 부분일 수 있다. 그러기에 행복의 기준이 무엇이라고 말하는 게 쉬운 일은 아니다. 법정 스님은 마음을 비우는 게 가장 행복한 삶이라고 했다. 지금 나는 세느강을 따라 흐르며 내 마음을 조금이라도 비우려고 한다. 그 자리에는 남을 배려

행복의 기준이 무엇이라고 말하는 게 쉬운 일은 아니다. 법정 스님은 마음을 비우는 게 가장 행복한 삶이라고 했다. 지금 나는 세느강을 따라 흐르며 내 마음을 조금이라도 비우려고 한다. 그 자리에는 남을 배려할 수 있는 넉넉함이 대신 자리를 채워주었으면 하고 소망한다.

할 수 있는 넉넉함이 대신 자리를 채워주었으면 하고 소망한다.

유람선을 타고 달리는 이 순간 피부색과 언어는 다르지만 누구에게라도 마음을 열고 대화를 할 수 있을 것 같다. 아마 로맨틱한 분위기 탓이지 않겠는가. 금빛 머리카락의 예쁜 어린이가 몹시 귀여워 그의 엄마에게 허락을 받아 사진 촬영을 했다.

나는 지금 떠나온 서울을 생각한다. 우리의 한강은 세계 어느 곳보다도 아름다운 곳이다. 다만 가까이 있기에 그 소중함을 잊고 살 뿐이다. 한강변에 전망이 좋다는 핑계로 아파트를 건설하다보니 보이는 것은 단조로운 건물뿐이다. 한강의 경관을 보고 즐길 수 있는 도시로 만들기 위해 긴 안목으로 설계했다면, 프랑스보다 더 많은 관광객을 유치할 수도 있을 텐데 하는 아쉬움이 남는다. 그러나 좁은 땅을 가진 나라이기에 위로만 뻗어 올라가야 하는 게 현실인데 어쩌겠는가. 넓은 땅이라 하늘보다는 땅이 더 가까워 보이는 집들을 짓고 여유 있게 살아가는 이곳 사람들에게 시샘을 할 뿐이다.

배에서 내리는데 누군가 나를 보고 모델이 되었다고 한다. 무슨 일인가 해서 돌아보니 사진이 벽에 붙어있고 사진사는 능청스럽게 웃고 있다. 남의 눈에 쉽게 뜨이는 하얀 원피스를 입었기에 폴라로이드 카메라에 찍혔나보다. 나는 망설이다 사진사 앞으로 갔다. 약간 크기는 하지만 우리 돈으로 계산해보니 7,000원 정도로

굉장히 비싸다. 깎아달라고 해도 안 된다고 한다. 초상권침해라고
따지면서 조금이라도 깎고 싶었지만, 그 순간 초상권이라는 영어
단어가 떠오르지 않는 나의 형편없는 영어 실력에 그 말은 하지도
못하고 그냥 사진을 찾았다.

나는 세느강에서 바가지를 썼다.

임금님의 길

오월의 첫날 예쁜 꽃길을 따라 걷는다. 버스를 타고 경복궁으로 향하기 위해서다. 오늘은 경복궁에서 종묘까지 어가御駕 행렬을 하는 날이다. 종묘는 사적 제125호로 지정된 조선 역대 왕조의 사당으로서 추존追尊된 왕과 왕비의 신주를 봉안하고 제사를 지내는 곳이다. 1995년에는 유네스코에서 세계문화유산으로 지정하였으니 세계 어느 곳과도 비교할 수 없는 아름다운 우리의 문화유산이다. 그중에서도 국보 제227호로 지정된 정전正殿은 조선의 역대 국왕과 왕비들의 신위를 모신 본전本殿으로 연건평 규모로는 세계에서 손꼽히는 목조건물이다. 원래 종묘를 칭할 때는 이 정전만을 표현한 것이라고 한다. 이곳의 건축물이 얼마나 아름다웠으면 동양의 파르테논 신전이라고 표현했겠는가. 종묘에는 왕과 왕비 83위의 신위를 모셨는데, 매년 오월의 첫째 일요일에 제사를 모신다. 현재는 조선 왕조의 후손인 전주 이씨 대동종약원이 행사를 주관하고 있다. 제례 비용으로 8억의 돈이 들어가는 큰 행사라고 하니 규모가 얼마나 크겠는가. 지금이야 모든 것이 간소화되었지만, 조선시대에는 새벽 두 시부터 시작하여 하루종일 제사를 모셨다고 한다. 한 명의 왕에게 12차례씩, 200번이 훨씬 넘도록 절을 해야된다고 하니 그야말로 왕 노릇도 못할 처지가 아니었겠는가. 아무리 건강했던 왕이라도 종묘 제례를 앞두고 병석에 눕는 일이 잦았다고 한다. 천하를 호령하는 왕이라도 마음과 몸의 부담은 피할 수 없었던가보다.

종묘 제례악은 중요무형문화재 제1호로 지정되었다. 역대 왕과 왕비의 신위를 모신 종묘에서 배향配享을 할 때 연주하게 되는 악樂·가歌·무舞를 뜻하는 것이다. 종묘 제례는 제56호로 지정되었다. 조선조 직계 왕손이 제주祭主가 되어 제사를 지내는 것이 특징이다. 제례악은 예술적인 가치를 인정받아 2001년에는 유네스코에서 제례와 제례악 모두를 세계무형유산 걸작으로 선정할 만큼

그는 몰락한 왕조의 모습이 아닌, 이씨 조선의 마지막

왕세손의 귀품 있는 모습으로 연 위에 앉았다. 첫 눈에

느껴지는 그의 당당함과 상대방을 압도하는 눈빛, 강

렬해 보이지만 인자함까지 보인다.

소중한 문화유산들이다. 오늘은 1200여 명이 참여하는 큰 행사이고, 또 다른 의미가 있는 것은 강남문인협회 회장이신 권용태 시인께서 어가행렬의 좌의정에 발탁되어 도보로 행진을 한다.

고려 후기에는 국가의 최고기관인 도평의사사都評議使司가 있었다. 국정에 관한 모든 것을 결정하고 집행하는 중앙의 최고 행정기관이다. 이 도평의사사를 조선시대에 의정부議政府라는 조직으로 개편하였다. 수상首相인 영의정 아래 좌의정 · 우의정의 3정승을 두었는데 정1품인 3정승은 재상으로서 국가의 중요하고 막강한 업무를 상의하여 그 내용들을 왕에게 보고 하였다. 의정부는 나는 새도 떨어뜨린다는 막강한 자리였지만 굴곡도 많았다. 조선 초기에는 왕권이 강화되면서 6조직계제가 실시되는데 이때 의정부의 기능이 약화되었다가 고종1년(1864년)흥선대원군이 다시 부활시키기도 했다. 품계는 같지만 좌의정은 병조와 이조의 업무를 행사할 수 있었으니 업무의 중요성을 보면 우의정보다 높다고 할 수 있다.

경복궁 안에서는 많은 행사 출연자들이 조별로 모여 마지막 점검에 여념이 없다. 그러나 맑았던 하늘에서 구름이 몰려오고 순식간에 비가 쏟아진다. 미처 우산을 준비하지 못한 나는 비를 맞으며 오늘 행사를 위해 화려하게 재현된 연輦 가까이 다가갔다. 옆으로 주련柱聯이 길게 늘어져 얼른 보아도 위엄이 느껴진다.

조선은 1392년 이성계가 고려 왕권을 무너뜨리고 한양에다 도읍지를 정한 후 오백 년 동안의 긴 역사를 이어왔다. 1592년 임진왜란에서 병자호란, 병인양요 등 수많은 사건들과 황후인 민비 시해사건까지 백성들과 같이 분노하고 더불어 슬픔의 눈물을 닦으며 흘러왔다.

이제 그 아픔의 역사를 마감하게 될 마지막 왕손인 이구 세손世孫이 의젓한 모습으로 연 위에 앉아 있다. 일본에서 살고 있는데 역대 왕들에게 제사를 지내는 날이라 귀국을 했다고 한다. 올해는 일제시대 이후 처음으로 종묘에서 소, 돼지, 양을 잡아서 제사를 올린다고 하니 어느 해 보다도 의미가 있을 것 같다. 오늘 제례는 태조에게 세손이 먼저 제를 올린 후 나머지 왕은 그 후손들이 차례대로 올린다. 조선시대에서는 제례 날짜에 맞추어 꿩이 잘 잡히지 않아 닭을 사용하기도 했는데 '꿩 대신 닭'이라는 말이 이곳에서 유래되었다고 전해진다.

나는 세손의 모습을 더 가까이서 뵙고 싶어 다가갔다. 그는 몰락한 왕조의 모습이 아닌, 이씨 조선의 마지막 왕세손의 귀품 있는 모습으로 연 위에 앉았다. 첫 눈에 느껴지는 그의 당당함과 상대방을 압도하는 눈빛, 강렬해 보이지만 인자함까지 보인다.

출연자들은 차례대로 자신의 역할을 위해 떠나간다. 세손이 정좌한 연도에서 서서히 자리를 뜬다. 빗방울은 점점 굵어지고 세손의 뒷모습에는 비운의 왕자이기에 감출 수 없는 쓸쓸함이 묻어

있음을 나는 느꼈다. 서글픔과 연민이다.

　　행사 진행자의 목소리가 크게 들린다. "세자 빨리 나와" 그러자 앳된 세자의 모습이 보인다. 일행은 큰 소리로 웃고 말았다.

　　길가에는 수많은 시민들이 몰려나와 오늘의 어가행렬을 구경하면서 사진을 찍는다. 실제 조선시대에서는 지금의 이 행사보다 더 웅장했으리라. 화려하게 분장한 조선시대의 좌의정을 따라 나는 백성이 되어 그 뒤를 따른다.

　　임금님이 걸어간 길이기에 더욱 의미 있는 길이다.

환상 속의 그대

지나간 여름의 추억들은 이제 차분하게 정리하고 가을을 맞이할 때다. 다른 어느 해보다도 비의 피해가 심했고 무더위가 극성을 부린 탓인지 나는 지금 가을을 기다린다. 서늘한 바람이 불어오는 가을에는 뭔가 좋은 일들이 많이 생길 것만 같은 그런 두근거림이다. 가을에 꼭 해야 될 일들을 나름대로 계획을 세워본다. 맑은 햇살과 더불어 마음의 빈 공간을 넉넉하게 채워서 돌아올 수 있는 여행을 떠나고 싶다. 또한 밤늦도록 불 밝히고 평소 읽고 싶었던 책

을 읽는다면 행복한 시간들로 채워질 것이다. 내게로 오는 가을에
는 쓸쓸함도 묻어있지만 마음의 여유를 찾을 수 있는 낭만의 계절
인 것은 분명하다.

어느 해보다도 무더위가 극심했던 팔월의 마지막 날이다.
나는 지금 가을맞이를 위한 준비로 마음이 분주하다. 여름이 떠나
기 전에 차라도 한 잔 마시자는 수필동인 K 선생과의 약속이 있기
때문이다. 언젠가 외국 여행에서 돌아온 그는 내게 작은 선물을 건
네주었다. 테두리가 꽃으로 디자인 된 예쁜 액자였는데 여행중 그
소품액자를 보면서 꽃을 좋아하는 나에게 사다주면 제격일 것 같아
구입하게 되었다고 한다. 그는 감성적이고 대화를 나누어보면 항상
자신을 드러내지 않는 겸손함을 느낄 수 있는 사람이다.

무더웠던 여름날은 추억 속에다 담아두고서 K 선생과의
만남을 준비한다. 이제 내일이면 9월인데 무슨 옷을 입고 나갈까
잠시 생각해 본다. 내가 즐겨 입는 청바지는 아무래도 무리인 듯하
다. 그는 와이셔츠를 입고 깔끔한 정장 차림으로 나올 것이 분명하
기 때문이다. 이것저것 옷을 고르다 보니 방바닥에는 몇 개의 옷가
지들이 던져져있고 가을 분위기에 맞는 감색의 원피스에다 스카프
를 목에다 감고 나갔다. 나는 혼자서 지금 어린아이같이 상상의 세
계를 넘나든다. 얼굴의 잡티까지 가려줄 정도의 은은한 조명 불빛
이 있는 곳, 탁자 위에는 예쁜 장미 한 송이가 꽂혀 있는 레스토랑

에서 우아하게 저녁식사를 하게 될지도 모른다. 혹여 식사를 못하면 커피 향기가 가득한 곳에서 한 잔의 커피를 마셔도 될 것이다.

그는 미사리에 가면 맛있는 한정식집을 알고 있는데 어떠냐고 한다. 올림픽대로 방향으로 출발을 했다. 열려 있는 창문으로 불어오는 바람에서 가을을 느낄 수 있다. 계절은 어김없이 우리 곁을 찾아오는 것인가. 때로는 무더위를 탓하기도 하고 차가운 겨울 바람을 원망하기도 하는 것은 간사한 우리들의 가벼움 때문이다. 자연은 늘 그대로이며 묵묵하게 자신만의 역할에 충실하고 있는 것이다.

차량이 잠실대교를 막 지날 무렵이었다. 자동차가 갑자기 멈추어 서는 게 아닌가. 시동을 걸어봐도 반응이 없다. 언젠가 올림픽대로에서 자동차가 고장이 나서 혼자 고생하다가 견인까지 한 적이 있던 나는 그날의 악몽이 떠올라 두려운 마음이 일어났다. 그러나 K 선생은 본인의 자동차여서 그런지 침착하다.

오늘은 재수가 없는 날이다. 그러나 뚜렷한 묘안조차 없으니 어쩌겠는가. 나도 도와줘야 될 것 같아 핸드백을 차에다 두고 차량의 문을 열고 나갔다. 퇴근길이라 올림픽대로는 밀려드는 차량들로 정신이 없다. 고장 난 차량이 중앙에 서 있으니 혼잡한 것은 말할 것도 없다. 그는 핸들을 잡았고 나는 뒤에서 자동차를 밀기 시작했다. 원피스에다 하이힐까지 신고 잔뜩 멋을 부리고 왔는데 창피

오늘따라 구두의 뒷굽은 왜 이렇게 높은 거지. 가을은 아직

저만치 있는 건가 왜 이렇게 땀이 흐르지. 짜증나게 스카프는

왜 이렇게 펄럭거려. 나는 스카프를 얼른 목에서 잡아당겼다.

그리고 핸드백 속에 구겨 넣었다.

하기도 하고 기분이 유쾌한 것은 아니었다. 잠시 후 서비스 차량이 도착되었고 견인차를 타고 가까이 있는 잠실로 갔다. 차량이 언제쯤 고쳐질 것 같으냐고 하니까 직원들도 퇴근했고 내일 출근하면 점검을 해봐야 하니까 전화로 연락을 해 준다는 게 아닌가.

시간도 꽤 많이 흘렀고 허기가 몰려온다. 그러나 저녁을 먹을 기분은 영 아니었다. 더구나 순두부찌개라도 먹자는 그의 말에 순간적으로 화가 치밀었다. 그렇지만 자동차를 고의적으로 고장낸 것도 아닌데 어쩔 도리가 없다. "선생님! 점심을 늦게 먹었더니 별로 밥 생각이 없네요. 할 일도 있고 저 먼저 들어갈게요." 나는 큰길로 나와서 코엑스로 오는 버스를 탔다.

오늘따라 구두의 뒷굽은 왜 이렇게 높은 거지. 가을은 아직 저만치 있는 건가 왜 이렇게 땀이 흐르지. 짜증나게 스카프는 왜 이렇게 펄럭거려.

나는 스카프를 얼른 목에서 잡아당겼다. 그리고 핸드백에다 구겨 넣었다.

삶은 환상이 아니었어. 그냥 삶일 뿐이야.

이한離恨에 잠기다

　　아주 오래전 어릴 때 아버지께서 별세하셨다는 소식을 듣고 서둘러 집으로 들어갔다. 집 앞 마당에는 초등학교에 입학한 막내여동생과 남동생이 앉아 울고 있었다. 죽음을 받아들이기에 너무 어렸던 두 동생의 눈물보다 내 마음을 더욱 아프게 한 것은 하얀색 나비고무신과 검정 고무신을 신은 두 동생의 신발에 어머니가 무명실로 꿰맨 가난의 흔적들이었다. 그날 이후 어머니와 우리 형제들은 어렵고 힘든 삶을 살아왔다. 남동생은 혼자서 공부를 하기 위해

해보지 않은 일이 없을 정도로 열심히 살았다. 언젠가 경북 달성군에 있는 어느 방직공장에서 밤을 새우며 야근을 하다가 배가고파서 호주머니에 넣어두었던 빵을 화장실에 들어가서 몰래 먹으며 눈물을 흘렸다고 했다. 서로가 힘들 때 의지하고 힘이 되었던 동생은 아버지의 빈자리를 채워주었고 스스로 인생을 살아가는 방법을 터득하며 누나인 나와 함께 삶의 길에 동행이 되었다.

2009년의 겨울 추위는 매서웠다. 그 추위 속에서 동생과

사람은 떠나도 계절은 돌아왔다. 말라있던 나뭇가지에도 물이 오르고 한강물을 더욱 푸르게 찰랑거린다. 만발한 장미꽃의 향기와 함께 패랭이가 수줍게 웃고 있다. 화무십일홍花無十日紅 이라고 했었지. 꽃도 피면 지고 사람도 태어나면 죽음을 맞는다. 사람과의 이별이 이렇게 아픈 것은 다시 만날 수 없다는 것 때문이다.

영원한 이별을 했다. 차가운 바람이 소리를 내고 있는 길을 따라 동생은 한줌의 재가 되어 누나의 곁을 떠나갔다. 동생과 나눈 추억들을 생각하며 마지막이라도 보고 싶었는데 도착하니 이미 동생의 얼굴을 볼 수 없다. 누나가 좋아하는 생선회를 사주겠다고 그렇게 전화를 했어도 삶의 굴레에 갇혀 울산으로 가지 못했다. 자동차를 바꿨다며 누나가 오면 반구대 암각화를 보러가자고 약속했는데 세상을 떠난 뒤에야 동생을 찾은 것이다. 온통 후회와 아쉬움이다. 회한

이란 이런 것이었나. 아프지 않은 헤어짐이 어디 있겠는가. 서럽지 않은 이별은 또 어디 있는가.

바라보는 것만으로 애틋하고 측은했던 동생을 산 속 암자의 납골당에다 홀로 남겨두고 겨울이 가고 봄이 올 때까지 정신을 놓고 살았다. 동생을 챙겨주지도, 지켜주지도 못했다는 현실 앞에 절망해야 했고, 우울한 마음으로 칩거의 상태였다. 동생과 고향 뒷산에서 진달래를 따 먹으며 놀았던 어린시절을 회상했고, 누나가 고등어를 좋아한다며 안동 간고등어를 사들고 현관을 들어서던 동생을 추억했으며, 꽃꽂이를 할 때 장미가시를 조심하라며 사다준 면장갑을 만지며 울었다. 동생이 건강이 좋지 않아 서울에 와서 수술했던 병원 앞에서 흔적을 찾으며 눈물을 흘렸고, 옷가게 앞에서는 살아 있을 때 옷 한 벌 사주지 못한 것에 안타까워했으며, 빵집의 케익을 바라보며 생일날을 챙겨주지 못한 것에 대한 미안함으로 마음 아파했다.

갑자기 내게 찾아온 이별은 삶에 대한 많은 변화를 가져왔다. 살아있지만 어느 날 갑자기 나 또한 세상과 작별하게 될 것이라는 생각으로 주변을 많이 돌아보게 되었다. 평생을 곁에 두고 살았던 소중한 것들이 남겨진 가족들에게는 불필요한 짐만 될 것 같아 많은 것을 버리고 정리했다. 지나온 삶의 흔적들이 고스란히 담겨진 사진첩도 없애고, 언젠가는 꼭 필요할 것 같아 보관해 왔던 많은 책들도 과감히 없앴다. 법정 스님은 "내가 죽으면 물건도 같이 죽는다."라는 말씀을 남기지 않았는가. 정리해야 할 것이 이런 것뿐이겠는가. 인연이란 굴레로 내가 알고 지내던 많은 사람들, 그들과의 인연 또한 조금씩 정리해 나가는 게 순서일 것 같았다. 가벼운 말 한마디로 상처를 안겨준 사람들에게는 미안한 마음을 전하는 것도 중요한 일이 될 것이다.

사람은 떠나도 계절은 돌아왔다. 말라있던 나뭇가지에도 물이 오르고 한강물은 더욱 푸르게 찰랑거린다. 만발한 장미꽃의 향기와 함께 패랭이가 수줍게 웃고 있다. 화무십일홍花無十日紅이라고 했었지. 꽃도 피면 지고 사람도 태어나면 죽음을 맞는다. 사람과의 이별이 이렇게 아픈 것은 다시 만날 수 없다는 것 때문이다. 지금쯤 동생은 모든 것을 잊고 자유롭게 날아다니며 아름다운 봄을 느끼고 있을까. 어린 날 어머니의 손을 잡고 다니던 뒷산을 올라 딸기를 따고 진달래꽃을 꺾고 있을까.

아버지께서 계시지 않아 힘들고 외롭게 살아온 동생을 먼저 떠나보내고 어린 조카들은 그 험난한 길을 또다시 걸어가게 될 것이다. 아직 아빠의 죽음을 받아들이지 못하는 조카들을 바라보며 나는 어린시절 내 가슴을 아프게 했던 동생의 검정 고무신을 떠 올렸다.

회자정리會者定離라는 말이 있다. 이토록 깊은 뜻을 받아들이며 마음을 다스리기에는 동생의 빈자리가 너무 크다. 무엇으로 채울 수 있을까.

나를 슬프게 하는 것

　　팔월도 하순으로 접어들고 있었지만 가족들과 늦은 여름 휴가를 떠나기로 했다. 모든 일정이 끝나고 서울로 돌아오는 길에 진해에 계시는 친정 어머니를 찾아뵈었다. 가는 날이 장날이란 말이 있듯이 마침 그날이 진해시 경화동에 있는 경화 장날이다. 서민들의 애환이 가득한 5일장이 전국적으로 많이 사라져 간다고 하지만, 경화장은 아직도 옛날의 5일장 풍경을 그대로 간직하고 있는 곳이다.

    모시 적삼을 입은 어머니의 손을 잡고 시장 구경을 나섰다. 시끌벅적한 시장의 이곳저곳을 두리번거리며 구경하다가 사람들의 왕래가 뜸한 곳에 자리를 잡은 리어카에 시선이 멈추었다. 그곳에는 짚으로 엮어서 만든 작은 바구니 몇 개가 있었고, 그 아저씨가 짚으로 수작업하는 모습이 찍힌 사진도 코팅이 되어 몇 장 걸려 있다. 요즘은 품질이 좋지않은 수입품이 많으니까 아저씨가 직접 만든다는 것을 보여주기 위한 방법이겠거니 하고 가볍게 생각했다. 나는 짚으로 만든 물건을 좋아한다. 오죽하면 지금도 집에 짚신이 있겠는가.

    어릴 때 저녁 늦게까지 새끼를 꼬는 아버지 옆에서 짚으로 인형을 만들어 갖고 놀기도 했었다. 이튿날 아침 그것을 본 어머니는 집에 귀신이 들어온다면서 아궁이에 집어넣어 인형을 태웠다. 어느 나라보다 손재주가 많은 국민들이니 수공예품의 아름다움이야 어디 짚으로 만든 것뿐인가.

    꽃꽂이 수업 시간에 사용하면 가을 분위기를 내기엔 더 없이 좋을 것 같아 리어카 위의 바구니를 꼼꼼히 살펴보았다. 직접 만든 것이냐고 확인하고 가격이 얼마냐고 해도 아저씨는 웃기만 할 뿐 아무 반응이 없다. 그때 옆에 있던 아주머니가 내게 말했다. "저 아저씨 말을 알아듣지 못해요"라는 것이 아닌가. 그때서야 아저씨가 왜 사진을 리어카에 붙여두었는지 이해가 갔다. 그렇다면 이제

세상에는 때로 듣지 말아야 할 소리도 있지만,
꼭 듣고 싶은 목소리는 또 얼마나 많은가. 삶에
지치고 힘들 때 사랑으로 나를 지켜주는 어머
니의 목소리는 언제나 듣고 싶은 목소리다.

어쩔 수 없이 바구니를 사야 되겠다는 생각이 들었다. 나의 행동을 유심히 지켜보고 서 계시던 어머니가 딸의 속마음을 눈치챘는지 "빨리 가자." 하시며 나를 잡아끈다. 결국 바구니를 몇 개 사고 덤으로 소품도 하나 얻을 수 있었다.

지나간 봄이다. 봄은 모두에게 희망이지만 나에겐 참으로 잔인한 사월이었다. 오직 절망의 시간들만 머물고 있을 뿐이었다. 친정 남동생이 사고를 당한 것이다. 그것도 중상이라 동생은 중환자실에 입원을 했다. 둘째 언니가 세상을 떠난 뒤 어머니의 아픔은 아직도 그대로인데, 동생의 사고 소식에 어머니는 견딜 수 없도록 힘들어 하셨다. 더구나 동생은 아직 젊은 나이라 가족 모두의 근심과 아픔은 이루 말할 수 없었다. 시간이 흐른 뒤 동생은 수술을 하고 일반 병실로 옮겨졌다.

이제 한숨을 돌리는 사이 우리는 청천벽력 같은 소리를 접했다. 사고의 후유증으로 동생은 청각장애가 와서 소리를 들을 수 없다고 했다. 또한 시간이 지나면 환자가 말을 알아듣지 못하기에 본인도 말하는 횟수가 점차 줄어 말을 잃어갈 수도 있다고 한다. 나는 병상에 누워 있는 동생의 두 손을 꼭 잡았다. 눈물이 흘러 견딜 수 없었다.

세상에는 때로 듣지 말아야 할 소리도 있지만, 꼭 듣고 싶은 목소리는 또 얼마나 많은가. 삶에 지치고 힘들 때 사랑으로 나를 지켜주는 어머니의 목소리는 언제나 듣고 싶은 목소리다. 그리고 자신이 사랑하는 가족들과 친구 등 많은 사람들의 목소리가 있다. 자동차 운전을 할 수도 없고 동생이 즐겨 타고 다니는 오토바이도 이젠 탈 수 없다. 자신의 휴대전화도 이젠 사용할 수 없지 않은가. 나는 동생의 휴대전화에 전화를 해 보았다. 컬러링에서 '흙에 살리라' 라는 노래가 흐른다. 이제 동생은 다시 그 노래도 듣지 못할 것이다.

친정 식구들은 밤을 새워가며 병간호를 했다. 그러나 환자와 보호자 사이에는 자유로운 의사소통이 불가능하기에 늘 침묵이 흐르고 아픔만 더해갔다. 요즘 우리 가족들은 동생과 필담筆談으로 서로의 마음을 주고받는다. 의술의 발달로 혹여 소리를 되찾지 않을까 하고, 얼마 전 서울의 권위 있는 병원에서 정밀 검사를 받았다. 그러나 보청기를 착용해야 한다는 절망의 말을 들었을 뿐이다.

어머니를 모시고 동생 집으로 향했다. 바구니를 보더니 여동생은 이런 것을 어디다 사용할거냐고 묻기에 "그냥 좀 필요해서" 하고 말끝을 흐렸다. 사실 이 바구니를 어디에 사용할 지 구체적인 계획은 없다. 다만 꽃꽂이의 용도로 사용한다는 것은 나의 변명인 것 같다.

말을 할 수도 없고 남의 말을 알아듣지도 못하는 리어카 아저씨가 측은하여 바구니를 구입한 것이 정확한 표현이다. 어쩌면 그 아저씨의 모습에서 동생을 본 것은 아니었을까.

아무에게도 내 마음을 보이지 못했다.

과거로의 여행

파피루스

이집트 파라오는 정치와 종교를 아우르는 최고의 권력을 가진 통치자를 일컫는다. 고대 이집트에 등장하는 신화 속의 파라오는 신과 여인을 결합시킨 찬란한 빛으로 표현되기도 하였고, 엄숙한 대관식이 끝나면 이집트의 가장 오래된 수도인 멤피스의 성벽을 순례하며, 신전에 이름을 새기는 의식을 치른다. 파라오의 즉위 사실을 만백성들에게 알린 후 파피루스가 얽혀 있는 사각형의 옥좌에 올라 국가를 통치한다.

이집트 파라오 중에서 우리에게 가장 친숙한 이름이 있다면 제 18왕조의 12대 왕을 지낸 '투탕카멘(B.C.1333~1323년)'이다. 황금가면으로 더 잘 알려진 투탕카멘은 영국 출신 하워드카터(1874~1939)의 공로가 아니었다면 영원히 우리들과의 만남은 이루어질 수 없었다. 그는 대단한 집념을 가진 사람이었고 인간 한계에 도전한 인내의 소유자였다. 카터는 투탕카멘의 무덤을 발견할 수 있을 것 같은 신의 계시를 받았던 것은 아니었을까. 아니면 막중한 사명감을 갖고 태어난 것일까. 그 당시 이집트에는 도굴이 무척 심했는데 파라오들의 시신이 안치되어 있는 '왕들의 골짜기'도 예외는 아니었다. 발굴할 수 있는 무덤이 없을 것이라는 것을 알면서도 카터는 왕들의 골짜기 주변을 헤매고 다녔기 때문이다.

집념의 고고학자 카터는 1922년 세상을 깜짝 놀라게 하는 역사의 주인공이 되었다. 이집트에서 가장 완벽하게 보존된 투탕카멘의 무덤을 발견했다. 지상 최대의 고고학적인 발견사례로 평가받고 있으며 그날부터 3,500여 점의 유물을 발굴하는 성과를 올렸으니 엄청난 사건이 아닌가. 카터는 어려서부터 이집트 역사와 문화, 아라비아어까지 공부하였고 고고학이라는 학문에 애정을 가졌던 사람이었다. 그의 뜨거운 열정이 있었기에 3,300년 동안 깊이 잠들어 있던 투탕카멘이라는 왕을 깨워 같이 과거로의 여행을 시작하게 되는 행운을 얻은 것이다.

카터가 왕의 유물을 발굴하는 과정에는 투탕카멘이 생전에 사용했던 작은 부채에서 금방 세공한 것 같은 화려한 보석 장신구, 스치기만 해도 부스러질 것 같은 아마포亞麻布, 작은 구슬로 만든 모자 등 다양한 유물들이 있었다. 그중에서도 카터의 눈에 들어오는 것은 파피루스로 짠 한 켤레의 샌들이었다. '폐하의 파피루스 샌들'이라는 상형문자가 새겨진 나무표찰이 있었으니 왕은 생전에 그 샌들을 신고 다녔을 것으로 추측해 볼 수 있다. 파피루스는 나일

젊은 왕 투탕카멘이 생을 마감하고 차가운 관 속에 누울 때 사랑하던 사람들과 영원히 헤어지던 순간 남겨진 사람들은 이별의 봉헌물로 화환을 바쳤다. 왕을 보내는 것을 아쉬워하면서 제작된 정교하고 아름다운 상징물들 주변에는 수많은 화환들이 있었디.

강 하류의 습지에서 자생하는 갈대와 비슷한 풀이다. 줄기의 섬유를 이용하여 종이의 원료로 이용되었다. 세상에서 가장 오래된 종이라고 부르는 파피루스는 종이를 만들기 위해서 갈대의 껍질을 벗겨내야 하는 어려움도 있었고 마르면 부서질 수 있었기에 관리가 쉽지 않았다. 학명은 cyperus papytus L.이다. 습지를 좋아해서 그런지 키가 많이 자라는데 작은 것은 1.5m 정도 되는 것도 있지만, 3m 정도로 키가 큰 것도 있다. 이집트와 열대 아프리카에서는 길게 자란 파피루스를 엮어 강을 건너는 배를 만들기도 하고, 소품

으로 샌들이나 바구니 의류 등 생활에 필요한 것을 만들어 사용하였다. 직접 사용해 본적은 없지만 파피루스로 만든 생활용품들은 천연의 소재를 사용하다보니 싫증도 나지 않을 것이다. 투탕카멘 왕도 이런 천연적인 소재를 가지고 샌들을 만들어 신었던 것이다.

왕의 무덤을 발굴하던 그들은 그곳에 같이 묻혀 있던 많은 부장품들 중에서 어린 아이들이 사용했을 것 같은 물건들을 발견하게 되는데 왕이 되기 이전 어린시절의 것을 같이 넣었던 것으로 생각했다. 그러나 많은 물건들은 확인하는 과정에서 투탕카멘은 아주 어렸을 때 왕의 자리에 올랐던 것으로 결론짓는다.

투탕카멘 무덤을 발굴할 때 그곳에는 3개의 관이 있었다고 전해진다. 두 번째 관에서는 아마포가 덮여있고 아마포 수의壽衣 위에는 올리브 잎과 버드나무 잎, 푸른색의 연꽃과 수레국화꽃들로 만들어진 화환들이 놓여있었다. 예전에 '선사시대'라는 과목에서 국화꽃이나 꽃술 등으로 방사선 연도 측정을 하여 그 꽃의 연대를 파악해 낼 수 있다는 것을 공부했던 기억이 떠올랐다. 투탕카멘 왕은 발굴 당시 3번째 속관에 있었다. 그의 얼굴은 차분하고 평온했으며 우아하고 기품이 있었다. 파피루스로 만들어진 뒷받침에 구슬과 꽃을 엮어서 만든 화려한 목걸이가 그를 더욱 돋보이게 만들었다.

젊은 왕 투탕카멘이 생을 마감하고 차가운 관 속에 누울 때 사랑하던 사람들과 영원히 헤어지던 순간 남겨진 사람들은 이별의 봉헌물로 화환을 바쳤다. 왕을 보내는 것을 아쉬워하면서 제작된 정교하고 아름다운 상징물들 주변에는 수많은 화환들이 있었다. 화환은 오랜 세월이 흘렀지만 원래의 색깔이 거의 완벽할 정도로 잘 보존되었다. 삶과 죽음의 갈림길에서 사랑하는 사람을 떠나보내는 아픔은 온전히 살아 남은 자의 몫이다. 젊은 왕비는 미소년이었을 사랑하는 남편에게 이별의 선물로 화환을 건네준 것이다. 투탕카멘왕의 비妃였던 '안케세나멘'은 우아한 아름다움과 기품을 가진 여성이었다.

투탕카멘의 무덤을 발굴하기까지는 카나번 백작이 엄청난 자금을 지원해주고 뒤에서 후원해주었다. 1922년 카나번은 희망이 보이지 않는다며 모든 것을 포기하고 떠나려 했다. 이때 카터는 자신도 자금을 보태겠다고 설득하였으며 결국 카나번은 마지막 기회라는 생각으로 후원을 약속하였다. 카나번은 자신의 전 재산을 유물 발굴에다 투자를 했지만 왕의 무덤에서 나온 유물은 한 점도 얻지 못했다니 아이러니가 아닌가. 이곳에서 출토된 많은 유물들은 카이로 박물관에 소장되었다.

'그들은 군주가 살아 있는 동안에는 사랑과 존경을 바쳤고 죽은 뒤에는 계속해서 추모했다. 군주의 장례식을 거행한 방식은 은혜로운 자기네 군주가 더 이상 세상에 존재하지 않음에도 여전히

그의 자비에 감사하고 그가 지녔던 많은 미덕을 찬양하는 마음을 지녔다는 사실을 보여준다.'

하워드카터의 일생은 투탕카멘이 아니었다면 존재할 수 없었다. 시공을 초월하고 생사를 뛰어넘으며 평생을 같이하였다. 카터의 일생은 왕을 만나면서 모든 것이 변화되었다. 투탕카멘의 극적인 발견은 카터의 인생을 바꾸는 확실한 계기가 되었다. 카터는 자신이 발굴한 수많은 보물들이 있었던 위치를 메모하고 사진을 찍었으며 원형 그대로를 운반하기까지 모든 것을 철저하게 관리하고 감독했다. 그토록 엄청난 사건을 경험한 카터는 무지개를 타고 있는 듯한 행복에 취해서 살아갈 수도 있었을 것이고, 아니면 큰일을 치르고 난 뒤에 밀려오는 공허함과 허탈감으로 인해 몸져누웠을 수 있다. 모든 것이 제자리를 찾고 난 후 그의 일생은 정점에 이르렀으며 더 이상 갈곳이 없었다고 전한다. 그에게 불어온 엄청난 태풍을 본인은 운명으로 받아들였을까. 그날 이후 카터는 이집트에서 미술품 상인을 하면서 조용히 지냈다.

투탕카멘은 카터라는 고고학자에 의해 자신의 모든 것을 세상 사람들에게 알렸다. 진귀하고 화려한 보물은 세상 사람들에게 호기심을 불러일으켰고 발굴 장소 주변에는 수많은 신문 기자들과 시민들이 몰려들었다. 아마 젊은 나이로 세상을 떠나간 왕에 대한 안타까움도 있었을 것이다. 왕은 살해당했을 것이라는 추측도 있지만 어느 것이 진실인지는 알 수 없다. 훗날 사람들은 그의 사인이 질병과 말라리아 합병증 때문이었다고 밝히기도 했다. 투탕카멘은 사냥을 즐겼다고 한다. 짧았던 부귀영화 속에서 그는 행복했을까. 아니면 황금 마스크를 쓰고 누워 있었던 긴 세월이 더 편안했을까. 넓은 세상을 가슴에다 품고 꿈과 열정을 펴고자 하였지만 날개를 활짝펴서 날아보지 못하고 떠나가는 영혼을 위해 살아남은 자들은 마지막으로 황금 마스크를 선물했다. 투탕카멘을 따르던 많은 사람들은 황금으로 만든 마스크를 그에게 씌워주고 조금은 홀가분했을지 알 수 없다.

　　몇 천 년의 깊은 잠에서 깨어난 투탕카멘은 파피루스 단으로 만든 배를 타고 왕좌에 있을 때보다 더 자유로운 몸으로 이집트를 여행하고 있는 게 아닐까. 사냥을 좋아했다는 투탕카멘은 사랑하는 아내와 함께 파피루스로 만든 샌들을 신고 19살 아름다운 청년으로 되돌아가서 자유를 만끽하고 있을 것이다. 깊은 잠에서 자신을 깨워준 카터에게 고마운 마음을 간직하고서.

아사녀를 그리워하다

얼마 전의 일이다. 여행이 취미라고 할 정도로 돌아다니는 것을 좋아하던 나는 경주행 고속 버스를 탔다. 여행의 즐거움은 미지의 세계에 대한 두려움과 설레는 마음이다.

경주 터미널에 도착하니 렌트카 회사 직원이 검정색 승용차와 함께 기다린다. 혼자만 느낄 수 있는 여행의 즐거움을 이 차량과 함께 하며 경주에서의 2박 3일 여행이 시작되는 것이다. 잠깐씩 이동하는 차 안에서는 음악을 듣고 커피를 마시며 여행에서 사색의 기회를 덤으로 얻기도 하니 어찌 즐거움이 아닌가.

불국사 창건은 김대성이다. 그는 전세부모前世父母를 위해서 석불사石佛寺, 石窟庵를 지었고 금세의 부모를 위해 불국사를 창건했다고 한다. 불국사와 석굴암은 모두 김대성에 의해 창건되었고 그 이유는 부모의 은혜를 갚기 위함이었다. 또한 두 절은 유기적 관계가 있었던 것임을 증명해준다. 불국사는 법흥왕 때 창건되었는데 김대성이 중창했다는 『불국사사적』과 『불국사고금창기』의 기록은 신빙성이 없다. 두 절 모두 김대성에 의해 창건되었다.

寺名 석불사는 삼국유사가 쓰였던 13세기까지는 그대로 사용된 것 같다. 그러나 석불사는 석굴石窟 또는 석굴암石窟庵으로 부르게 되면서 불국사에 속한 암자인 양 그 사격寺格이 변하는 데 구체적인 시기는 알 수 없지만 17세기 후반의 여러 기록에는 이러한 현상들이 분명히 나타나고 있다고 한다.

1910년경의 석굴 정상부에는 기와로 만들어진 지붕이었다. 그러나 1913년에 일제에 의해 해체되어 수리된 적이 있다. 석굴의 정상부를 기와로 덮었던 것은 언제부터인가. 창건 당시로부터 비롯된 것일까. 그렇다면 일본인들이 수리할 때 왜 기와를 덮지 않았던 것이었을까. 이런 의문점들은 예전의 나에게 꼭 이루고 싶고 연구해 보고 싶었던 공부였었다.

불국사는 751년에 창건이 시작되었다. 24년의 세월이 지난 774년(혜공왕 10년) 12월에 김대성은 완성을 보지 못하고 죽게 되었고 국가가 완성했다고 한다. 30여 년만에 완성되었다고 하지만 정확한 시기는 모르고 있다.

임진왜란 때 불국사에는 의병군이 주둔했는데 선조 26년 (1593)에는 군사 30여 명이 머물렀던 곳이다. 그리고 경상좌병사 권응수權應銖는 왜군의 격퇴를 위해 불국사 지장전에 무기를 감추어 두었다. 이무렵 왜구들이 불국사 구경을 왔다가 지장전에 숨겨둔 무기를 발견하고 불을 지르게 된다. 이때의 화재로 인해 대웅전

예쁜 단풍이 물든 가을은 사람을 사랑하라. 멀리서도 사랑하는 사람의 목소리를 들을 수 있고 그의 생각만으로도 가슴 뛰는 그런 사랑이면 더욱 행복할 것이다.

과 극락전 등 2,000여 칸의 목조 건물이 소실되었다. 이로부터 10여 년이 지난 1604년(선조 37)부터 시작된 복구와 중수의 불사는 150여 년이나 계속되었는데 이 기록은 『古今創記』에 기록되었다.

불국사 돌계단 아래는 최초에 연지蓮池가 있었다고 전해진다. 그 잔잔한 연못에는 계단 위에 있는 불국사의 아름다운 누각들이 물결과 함께 한 폭의 그림이 되어 담겨있었을 것이다. 지금은 고인이 되신 불연 이기영不然 李箕永선생님은 내게 법명法名을 내려 주신 분인데, 연구원 강의시간에 연지에 대한 안타까움을 피력하신

적이 있다. 그때는 마음에 새겨듣지 않았는데 새삼 그때의 일들이 기억 속에 되살아나는 이유는 무엇일까. 아마도 나이가 들면서 우리들의 소중한 문화재나 사상적 흐름에 관심을 가진다는 의미도 있을 것이고, 그분의 강의를 뜨거운 열정으로 받아들이지 못한 안타까움과 후회일 것이다.

초의草衣(1786~1866)가 1817년에 쓴 『불국사회고佛國寺懷古』에도 칠보루대七寶樓臺와 무영탑無影塔이 비치는 연못에 관한 내용이 있는데 아래와 같다.

> 승천교외구연지昇天橋外九蓮池 승천교 밖의 구연지에
> 칠보누대수저이七寶樓臺水底移 칠보누대 아롱지고
> 무영탑간환유영無影塔看還有影 무영탑의 그림자를 보노라니
> 아사래감도금의阿斯來鑑到今疑 이사녀가 와서 보는 듯하구나.

이덕홍李德弘(1541~1596)은 1580년(선조 13년) 경주를 여행하고 『동경유록東京遊錄』이라는 기행문을 남겼다. 그는 불국사를 탐방했고, 연못에 대해 다음과 같이 언급했다.

'해질 무렵에 불국사에 들어갔는데 안개가 자욱해 마치 인적이 없는 것 같았다. 겨우 한 돌다리를 지나니 큰 바위 앞에 연지

蓮池가 있고, 그 연못 북쪽에 나무 홈통의 비천飛泉이 수리를 가로질러 석조石槽에 떨어지고 있었다. 홈통을 지나 구름다리에 올라서니 다리는 돌을 깎아 마치 무지개와 같았다.'

이 기록은 임진왜란으로 불국사가 불타기 이전의 모습을 전하고 있는데 그렇다면 불국사에는 분명 연지가 있었던 것으로 추측된다.

불국사 대웅전 앞에 있는 두 기의 석탑 중에서 서쪽에 있는 것이 석가탑이다. 이 탑을 무영탑이라 부르기도 하는데 석가탑에는 가슴 시리도록 슬픈 전설이 있다.

탑을 창건할 때 김대성은 아사달이란 석공에게 이곳 석가탑의 건축을 맡겼다. 탑을 만드는 일에 혼신의 힘을 다하다 보니 그는 계절이 몇 번이나 바뀌었는지도 모르고, 세월을 잊은 채 오직 탑의 조영에만 신경을 쓰고 있었다. 그러나 아사달에게는 고향에 두고 온 사랑하는 아내 아사녀가 있었다. 몇 년의 세월이 흘러가도 남편은 고향에 돌아오지 않았다. 기다림에 지친 아사녀는 남편을 찾아온다. 그러나 불국사라는 대규모의 건축 현장에 여자는 부정을 탄다며 들여보내주지 않았다. 남편의 모습이라도 보고 싶다고 간청했지만 아사녀는 거절당하고 시름에 잠긴다. 그곳의 문지기는 아사녀를 달래기 시작했다. 가까운 곳에 보이는 연지에 가서 간절한 마음으로 기도를 한다면 남편이 탑을 빨리 완성할 것이고, 완성된 탑이 연지에 비치는 날 남편을 만나게 될 것이라 하였다.

아사녀는 날마다 연지에 나가서 남편의 그림자가 나타나길 기다렸다. 그러나 탑보다 먼저 그녀는 지쳐갔고 사랑하는 사람을 부르며 연지에 투신했다.

아사달은 석가탑을 완성하고 아내를 찾았지만 아사녀는 세상에 없었다. 아사달이 아내를 그리워하며 눈물짓던 어느 날 남산의 바위에서 홀연히 아내의 얼굴을 보았다. 웃기도 하고 울기도 하면서 때로는 인자한 부처님의 모습으로 나타나기도 한다. 그는 한걸음에 바위로 달려갔고 그 돌에 아내의 모습을 새기기 시작했다. 아사달은 온 힘을 다해 조각에 매달렸고 바위를 깨는 정 소리에서 아내의 목소리와 함께 부처님의 음성을 들었다. 불국사 창건에 따르는 긴 공역은 이렇게 많은 사람들에게 아픔을 주었을 것이다. 훗날 아내의 죽음을 알게 된 아사달이 사랑했던 아내를 그리며 조각한 아내의 형상은 현재 남아 있는 석불의 모습이라 전한다. 위의 사료에서 주목되는 점은 아사달이 백제에서 온 석공이라는 것이다. 일찍부터 백제의 기술은 한 수 위였다. 신라가 황룡사 9층목탑을 건립할 때도 백제의 아비지가 대 역사의 중심에 서 있었다는 이미 널리 알려진 사실이다.

한 사람을 사랑한다는 것은 이렇게 죽음까지 두려워하지

않는 것이다. 내 목숨을 버릴 정도로 사람을 사랑하는 게 진실한 사랑이다. 아사녀를 그리워하며 조각한 석불은 지금 어디에 있는 것일까. 세상의 어느 탑보다 아름다운 자태를 자랑하고 있을 것이다. 아마도 부드러운 실크처럼 만지면 흘러내릴 것 같은 우아함을 간직하지 않았을까. 그 이유는 아사녀를 사랑하는 마음이 고스란히 탑속에 담겨있기 때문이다. 세상에서 가장 위대한 게 사랑이다. 사랑의 힘은 세상의 모든 것을 변화시킬 수 있다.

예쁜 단풍이 물든 가을은 사람을 사랑하라. 멀리서도 사랑하는 사람의 목소리를 들을 수 있고 그의 생각만으로도 가슴 뛰는 그런 사랑이면 더욱 행복할 것이다. 혹여 헤어진 사랑이 있다면 내가 먼저 전화해서 그의 안부를 물어라. 세상의 인간관계는 직선으로만 이루어지는 게 아니다. 운전을 하더라도 구불구불한 곡선이 더 운치 있지 않던가. 가을은 사랑하기 좋은 계절이고 미워하는 사람들을 아무 조건없이 용서할 수 있는 계절이다. 그만큼 가을은 사람을 성숙하게 한다.

단풍이 아름다운 고즈넉한 오솔길을 걸으며 아사달이 되고 아사녀가 되어 우리들의 마음 안에 평생 무너지지 않을 탑이라도 쌓아보면 어떠할까.

아름다운 여행

 8월의 폭염이 내리쬐던 날 고구려의 유적들을 찾아보기
위해 중국 심양으로 향했다. 삼국시대 가운데 백제와 신라의 역사
는 가까이서 쉽게 찾아볼 수 있었지만 고구려는 만날 수 없는 먼 곳
에 있기에 더욱 더 궁금한 장소로 남겨진 곳이었다. 역사를 공부하
면서 안타까웠던 것은 광개토왕비문廣開土王碑文을 해석하면서도 두
눈으로 볼 수 없다는 아쉬움이 크게 남아 있었던 게 사실이다. 나는
지금 세계문화유산으로 등록되어 동북아시아의 국제 정세와 함께

그 위용을 드러내고 있는 광개토왕릉비도 만날 수 있다는 것만으로 가슴이 뛴다.

첫날의 일정은 요녕성 등탑시 서대요향西大窯鄕 관둔촌官屯村의 동쪽산에 위치한 백암성白巖城을 답사하는 것이다. 백암성은 태자하와 본계를 지나 천산산맥으로 진입하게 되면 꼭 거쳐야 하는 중요한 위치에 있다. 1,500여 년간 존재했던 고구려의 생생한 현장을 만나기 위해 백암성을 오르는 길은 나무 그늘이 없다보니 처음부터 엄청난 난관에 부딪히는 힘든 길이었다. 뜨거운 햇볕에다 무더위와 가뭄으로 인해 바위틈에 피어난 야생화도 생기를 잃었고 여간해서 땀을 흘리지 않는 나도 비를 맞은 듯 땀으로 흠뻑 젖었다.

고구려의 산성 구조는 외적의 침략을 방어하기 위해서는 기본적으로 갖춰야 하는 시설이 꼭 필요했다. 성城의 정문이라 부르는 성문城門이 있어야 하고, 적군들을 차단하기 위해서 성문의 안이나 밖에다 두는 시설로 옹성甕城이 있으며, 성벽과 정문 사이에서 접근해오는 적군을 정면과 좌우에서 물리치는 방어시설인 치雉가 있다. 또한 수원지水源池는 산성의 절대적인 요건으로써 장기간에 걸쳐 항전을 하기 위한 필수적인 시설물이다. 고구려는 건국 초기부터 산악지형에서 성장 발전했기에 많은 인력을 동원하는 중국 세력들을 방어하기 위해 산의 지형을 활용하는 것 외는 특별한 대책이 없었다. 그러기에 산성의 중요성을 일찍 파악했고 효과적으로

백암성을 내려와서 성의 왼쪽에 있는 태자하강으로 갔다. 나룻
배가 손님을 기다린다. 산을 올려다보니 웅장한 성의 모습은
보이지 않고 깎아지른 암벽의 신비스러운 경치에 감탄을 한다.
자연적으로 생성된 곳이라 더욱 아름답다. 백암성은 천혜의 태
자하강을 해자로 삼을 수 있었기에 산 정상에다 성을 쌓았을
것으로 추측된다.

사용할 줄 알았다. 더구나 지금과 같이 신종 전쟁 무기의 등장으로 인한 단기전이 아니고, 장기간의 항쟁에 대비해야 하니 산성 안에 집락集落이 따로 마련되기도 했다. 이것은 성 안에서도 주거공간이 형성되었다고 할 수 있는 것이다. 이러한 성의 복잡한 구조와 전통은 백제·신라로 계승되면서 한국 고대 성곽의 기준으로 자리매김하게 된다. 백암성白巖城이라 부르는 어원이 궁금했는데 이곳에서 보니 산성에 사용된 돌이 회백색이기 때문에 그렇다는 것을 알게 되었다. 고구려의 성은 돌을 많이 사용하지만 우리나라는 거의가 토성이라 생각하면 된다.

백암성은 둘레가 2km이고 성벽은 단단한 석재로 쌓았는데 이렇게 견고한 성을 넘어야만 그 지역을 차지할 수 있었으니 얼마나 치열한 전투였을지 상상이 가능하다. 산성 아래에서는 성城의 정상을 볼 수 없어 전쟁이 시작되면 산 위에 있는 팀이 유리하지 않을까 추측했었는데 그건 착오였다. 백암성은 645년 당나라가 공격하였을 때 당시 남녀 1만여 명과 병사 2천 4백여 명을 노획했다는 기록이 『구당서』에 전해진다. 이것은 백암성이라는 높은 지형에서 요동평야를 한 눈에 볼 수 있다는 이점보다는 성 바깥쪽에서도 성 안의 모든 것이 파악되고 있다는 점이다. 반대로 요동평야에 가득했던 당나라 군사들의 숫자에 놀란 백암성의 성주가 쉽게 항복하였을 것으로 추정한다.

백암성을 내려와서 성의 왼쪽에 있는 태자하강으로 갔다. 나룻배가 손님을 기다린다. 산을 올려다보니 웅장한 성의 모습은 보이지 않고 깎아지른 암벽의 신비스러운 경치에 감탄을 한다. 자연적으로 생성된 곳이라 더욱 아름답다. 백암성은 천혜의 태자하강을 해자로 삼을 수 있었기에 산 정상에다 성을 쌓았을 것으로 추측된다. 어쩌면 태자하강을 믿고 백암성을 쌓았던 것은 아닐까. 산 정상에 주둔하던 수많은 군사들은 이곳의 물을 퍼올려 식수로 해결했다니 결코 수월한 일은 아니었을 것이다.

어미소가 송아지를 데리고 사이좋게 풀을 뜯고 있는 한가로운 시골길은 옥수수가 영글어가고 있다. 고구려 사람들만이 갖고 있는 독특한 문화라고 할 수 있는 부경은 마을 사람들이 집집마다 갖고 있던 창고였다. 수확한 곡식이나 소금 옥수수 등을 저장하는데 사진으로만 보다가 직접 확인해보니 규모가 크고 반듯하게 잘 만들었다. 바람이 사방에서 통하기에 여름에는 저장고 역할을 하고 있다. 처음에 고구려는 산악지역이라 비옥한 농토가 부족하다 보니 지나가는 사람들의 물건을 약탈하여 보관해 두는 장소로 사용되었다는 말이 있지만 사실인지는 알 수 없다. 우리가 갖고 있었던 곳간과 같은 역할이라고 할까. 이곳에서는 말린 옥수수를 저장해두고 있다.

다른 곳으로 이동하기 위해서 비포장도로를 달리는데 길

가에는 루드베키아와 코스모스가 활짝 피었다. 숨을 고르며 뒤돌아보니 자동차가 지나온 길은 뿌얀 흙먼지가 시야에 가득하다. 인간의 삶이 어찌 저 길과 다르다고 할 수 있겠는가. 지나온 후 돌아보면 힘들었다는 것을 알기에 다시 그 길로 돌아가고 싶지 않은 것이다. 미래의 꿈을 향해 앞으로 가야 할 길은 맑은 하늘이고 눈부시도록 빛나는 희망으로 가득하다. 그래서 우리는 미래를 향해 조금씩 앞으로 나가는 것이다.

668년에 나·당 연합군에게 멸망하여 고구려라는 국호는 사라졌지만 말을 타고 활을 쏘며 넓은 만주 벌판을 달리던 그들은 넓은 중국과 대결하면서 자신들만의 문화를 구축하였다. 우리의 산봉우리만한 고분을 만들기도 하고 하늘로 비상하는 듯한 황홀한 벽화를 왕릉에다 남겼다. 태자하강에서 상의를 벗고 뜨거운 태양과 마주보며 노를 젓고 있는 사공을 보며 나는 그 사람이 고구려인의 기상을 그대로 빼닮았다고 느꼈다.

금방이라도 말발굽 소리 요란하게 달려올 것만 같은 고구려인의 기상과 함께 고풍스럽고 소박하다는 평을 듣는 신라, 화려했던 백제까지 우리가 받아들여야 할 문화이고 역사인 것은 분명하다.

언제나 가보고 싶던 곳 그곳에서 중국의 지도를 펴놓고 오녀산성의 절경과 환인시가지, 환인 댐의 푸른 물결까지 찾아보고 싶었던 고구려 땅이기에 지금 이 순간 더 없이 행복하다.

옥수수밭을 배경으로 예쁜 아이를 품에 안은 채 사진촬영을 하고, 길을 가다 리어카에서 팔고 있는 수박을 사면서 참외를 덤으로 얻을 수 있었기에 고향처럼 느껴지는 곳, 고구려 땅은 아름다운 여행이다.

백제를 찾아가다

서울에 살고 있는 초등학교 동창들과 부여 답사를 가기로 했다. 모두들 부여 방문은 처음이라고 하여 나는 친구들에게 여행 가이드를 자청했다.

백제는 기원전(18년~660년) 삼국시대 한반도의 서남부에 위치한 고대국가이다. 삼국사기에 보면 고구려 주몽의 아들 온조温祚가 하남 위례성에 도읍을 정하고 나라를 세웠다. 마한의 중심 세력인 목지국을 정복하고 경기 · 충청 · 전라도 지방을 영토로 하

정림사지 탑은 날씨가 맑은 날은 그저 탑으로 여겨질 뿐이다. 그러나 비가

오거나 삶에 지쳐있을 때 이 탑을 만나면 나를 포근히 감싸준다. 내가 위

로 받을 수 있는 것은 사람만이 아니다. 조각보다 더 매끄럽고 날렵한 이

탑은 때로는 슬픈 표정으로 가끔은 인자한 모습으로 그 자리에 서 있다.

는 중앙집권 국가로 성장하였다. 그러나 5세기(475년) 고구려의 남하로 인하여 수도였던 한성을 빼앗겨 웅진(공주)으로 천도하였다. 백제는 31명의 왕이 있었는데 25대 무령왕때 찬란한 백제의 중흥기를 이룬다. 제 26대 성왕(538년)은 사비(부여)로 천도를 하게 되고, 국호를 남부여라고 하였다. 그러나 성왕은 관산성(지금의 옥천)에서 싸우다가 전사하였다.

　　백제는 우아하고 아름다웠으며 귀족적인 국가로 기억되고 있다. 실제 백제는 남중국 일본 나라들과 왕성한 무역활동을 하였으며 세련된 나라였다. 공주에 있는 박물관에 가보면 25대 무령왕릉에서 출토된 화려한 유물들을 만나는 순간 감탄을 하게 된다. 지금 사용해도 전혀 손색이 없을 정도로 미적감각이 뛰어난 유물들이 많다.

　　삼국 가운데서도 백제라는 나라에 연민과 함께 매력을 느꼈다. 그 이유는 무엇이었을까. 고구려는 웅장하고 에너지가 넘칠 정도로 용맹한 국가라는 생각을 한다. 신라는 검소하고 소박하며 늘 속삭이듯이 다정스러운 느낌이다. 그런데 백제는 기품 있는 국가라는 생각을 갖고 있다. 백제는 일본 나라지방의 고대 아스카 비조飛鳥문화에 많은 영향을 미치게 된다. 부여에 있는 고란사에는 일본에서 불경佛經 공부를 하기 위해 비구니들이 배를 타고 이곳으로 오는 벽화가 있다. 백제의 문화는 그만큼 훌륭했다는 증거가 아니겠는가.

　백제는 의자왕(20년) 황산벌에서 나·당 연합군을 맞이하여 계백 장군이 끝까지 싸웠지만 결국 패망하고 말았다. 이때 백제의 왕자와 장군 등 1만 2000여 명이 당나라로 끌려갔다고 한다. 우리에게도 잘 알려진 당나라의 소정방은 13만의 군사를 이끌고 대총관의 소임을 맡아 참가하였다. 그는 백제 멸망에 만족하지 못하고 661년에는 또다시 나·당 연합군을 결성하여 고구려의 평양성을 공격하였지만 실패한다. 이때 신라의 장군은 그 유명한 김유신이었다. 당나라의 속셈은 신라를 이용하여 삼국을 통일하려는 것이었는지 알 수 없다.

　충남 예산군 대흥면에는 백제시대의 산성인 임존성任存城이 있다. 빼앗긴 백제를 되찾기 위한 백제 부흥운동의 그 출발점이 되는 역사적인 곳이다. 660년에 사비성泗泌城이 함락된 후 달솔 흑치상지黑齒常之는 족장 몇 명만을 데리고 임존성을 무대로 하여 열흘 정도의 짧은 시간에도 3만여 명의 병력을 소집할 수 있었다. 나라를 되찾기 위한 처절한 몸부림이 아니었겠는가. 이때 당나라군을 격퇴하면서 300여 성을 회복하였다고 전한다. 이와 때를 같이 하여 백제의 장수 복신福信은 주류성(지금의 서천)에서 백제를 되찾기 위해 치열한 운동을 전개하였다. 안타깝게도 시작할 때의 그 기상은 사라지고 내부의 분열로 인하여 흑치상지는 당에 항복하고,

백제 부흥운동도 막을 내리게 된다. 그들이 좀더 강인했다면 백제의 부흥운동은 성공하지 않았을까. 그리하여 삼국통일을 하여 강한 나라를 건설하였을지 알 수 없는 일이다.

백제 제 30대 무왕은 의자왕의 아버지다. 실추된 왕권회복을 위해 많은 노력을 기울인 왕으로 평가받고 있다. 신라의 서쪽을 침범하여 승리를 거두며 신라를 압박하였고, 전북 익산으로 백제 천도를 꿈꾸며 국보 제 11호인 미륵사彌勒寺를 창건한다. 동서 260m, 남북의 거리가 640m 대지 면적이 5만 평이라고 하는 큰 절이다. 7세기 전반에 제작된 현존하는 우리나라 최고의 석탑으로 평가받는 미륵사는 1980년부터 16년이라는 세월 동안 발굴 작업을 시작하여 3개의 탑과 3개의 금당이 있었다고 전해진다. 부여에 가면 국보 9호로 지정된 정림사지定林寺址 5층석탑五層石塔이 있다. 높이가 8.33m 이고, 기단基壇위에 5층의 탑신塔身을 세운 장중한 자태다. 이토록 아름다운 탑에도 사람들의 욕심이 만들어낸 아픈 역사가 숨겨져 있다. 예전에는 이 탑을 평제탑平濟塔이라 불렀다. 그 이유는 탑 1층 몸돌에 당나라 소정방의 공훈사적을 기록한 기공문記功文이 있었다. 그가 백제를 평정하고 난 후 업적을 기념하기 위해 세워진 것으로 알려졌기 때문이다. 그러나 이곳의 비명碑銘기록에는 보물 194호라는 게 발견됨으로써 소정방이 부여로 오기 이전에 이 탑은 있었던 것이었고 후에 그의 기록을 새긴 것으로 알려졌다. 그후 평제탑이라는 이름을 부르지 않고 정림사지 5층석탑으로 명명하였다.

정림사지 탑은 날씨가 맑은 날은 그저 탑으로 여겨질 뿐이다. 그러나 비가 오거나 삶에 지쳐있을 때 이 탑을 만나면 나를 포근히 감싸준다. 내가 위로 받을 수 있는 것은 사람만이 아니다. 조각보다 더 매끄럽고 날렵한 이 탑은 때로는 슬픈 표정으로 가끔은 인자한 모습으로 그 자리에 서 있다.

백마강 건너편은 내게 추억이 있는 곳이다. 예전 고대사 수업시간에 교수님과 함께 이곳으로 답사를 왔었다. 하루종일 공주와 부여지역을 답사하고 지쳐있던 우리는 저녁 무렵 고란사 건너편에서 숨을 고르고 있었다. 검불덤불을 헤치고 낙화암을 마주하고 서 있던 우리들은 말없이 백마강을 바라보며 그 자리에 서 있었다. 제각각의 생각은 모두 다르겠지만 나는 백제 여인들의 흔적을 찾고 있었다.

나라를 빼앗긴 원통함은 많은 문화재와 유적지만을 남겨두고 이름은 역사 속으로 사라져갔다. 그래서인지 백제는 슬픔이 묻어나고, 패망한 나라의 여인들이었기에 그들의 최후 또한 아픔으로 남겨졌다.

그리고 훗날 그들을 삼천 궁녀라 부르면서.

태산을 오르며

'태산이 높다하되 하늘 아래 뫼이로다. 오르고 또 오르면 못 오를리 없건마는 사람이 제 아니 오르고 뫼만 높아 하더라.'

태산으로 향하는 날은 짙은 안개로 인해 중국에서 비행기가 이륙하지 못하여 몇 시간을 공항에서 대기하는 것으로 시작되었다. 태산을 떠올리면 우리는 조선시대의 시조시인 양사언을 기억한다. 서자로 출생한 아들에게 높은 기상과 강인한 정신력을 길러주기 위해 어머니가 했던 말을 양사언은 시조로 남겼다. 우리에게 친숙한 이 시조 탓으로 북한산, 도봉산만큼이나 가깝게 여겨지는 태산은 1987년 유네스코에 의해 세계문화유산으로 지정되었다.

중국에서는 5대 명산을 오악五岳이라 하는데 그중에서 동악東岳인 산동성의 태산을 중국에서도 천하제일의 명산으로 여긴다. 그 이유는 제왕이 이곳 대묘岱廟에서 하늘과 산천의 뜻을 받드는 봉선封禪이란 의식을 행했기 때문이었고 동쪽으로 동해가 있으며 서쪽을 보면 황하가 있다.

나는 이곳에서 봉선을 하였다는 진시황과 한무제의 발자취를 따라 태산을 오르고 있다. 중국 사람들은 어느 산보다 태산을 신성한 산이라 여긴다. 태산이 안전해야만 온 나라가 평화롭다는 확실한 믿음을 갖고 있다. 걸어서 태산을 한 번 오를 때마다 10년은 장수할 수 있다는 믿음을 가졌다니 오래 살고 싶은 것은 어느 나라에서나 마찬가지인가 보다. 태산은 불교·도교 등 유명한 성지로 추앙받고 있기에 신성한 장소로 여긴다.

태산은 일천문一天門에서 그 첫발을 내딛는 것으로 시작된다. 중국 사람들은 6이라는 숫자를 좋아해서 6,666계단이라 부르기도 한다지만 실제로 해발 1,532m의 태산은 7,412개의 돌계단으로 만들어졌다. 한 계단씩 오를 때마다 간절히 원하는 소망을 위해 기도하다 보면 한 가지 정도는 꼭 소원이 이루어진다고 하니 태산은 신비스러운 산인 것만은 확실하다.

자물통을 열 수 있는 것은 오직 하나의 열쇠뿐이다. 나는 그

것을 바라보며 사람의 마음도 열쇠가 있어 열 수 있다면 좋겠

다는 생각을 해본다. 열쇠로 열어서 상대방의 마음을 읽을 수

있다면 세상에는 미움이나 오해 같은 것이 없지 않겠는가.

언젠가 도올 김용옥 선생이 태산 정상에서 한복 두루마기 자락을 휘날리고 있는 모습을 TV에서 본 적이 있다. 그날 이후 내가 태산을 오를 기회가 주어진다면 그 계단을 걸어서 올라야 되겠다는 생각을 했었다. 그러나 일정에 따라 움직이다 보니 일행들은 장수할 수 있고, 영생을 얻을 수 있다는 그 계단을 걸어 오르지 못하고 케이블카를 이용했다. 태산의 아기자기한 자락을 구경할 여유조차 주지 않는 강한 바람이 온몸을 얼어붙게 한다.

케이블카에서 내리니 금방이라도 언 몸이 녹을 것 같은 따뜻한 햇살이 우리를 반긴다. 남쪽을 바라보니 6시간 정도를 걸어야 오를 수 있다는 돌계단으로 많은 사람들이 한 계단씩 발걸음을 옮기고 있다. 몸이 불편한 사람은 도중에 수없이 휴식을 취해야 할 것이다. 새벽부터 길을 나선 사람과 밤새워 계단을 오르는 사람까지 제각각의 사연과 아픔을 간직하고 계단을 오르고 있다. 끝이 보이지 않는 긴 행렬을 따라 움직이고 있는 많은 사람들은 막연히 태산이 그곳에 있기에 오르는 것인가.

사람이 세상을 산다는 것은 단거리 경주가 아닌 마라톤과 같다고 했으니 마음을 비우고 이제 그 출발선에서 한 발짝을 내 딛는 것이겠지. 태산을 걸어서 오른다는 것이 힘들다는 것을 알면서도 내가 편하게 오른다면 태산에 대한 그 믿음과 신념이 흔들릴 수도 있다는 것을 염두에 두고 있는 것은 아닐까. 큰 욕심이 아닌 아주 작고 사소한 것일 수도 있다. 저들은 위엄을 갖추고 있는 태산을 바라보며 겸손을 배울 것이다. 그리고 욕심 없이 여유 있게 세상을 살아가는 지혜도 터득할 것이다. 무거운 짐을 두 명이 양쪽 어깨에 메고 그 계단을 힘들게 오르고 있으니 측은한 마음이 일어난다. 삶이란 그저 고단한 것인가 보다.

정상에 오르니 옥황정이라는 건물이 있다. 안으로 들어서니 무병장수를 기원한다는 열쇠와 자물통이 가득하고, 그곳을 다녀간 사람들의 이름이 적혀있다. 그곳에는 투박한 자물통이 셀 수 없이 많지만 자물통을 열 수 있는 것은 오직 하나의 열쇠뿐이다. 나는 그것을 바라보며 사람의 마음도 열쇠가 있어 열 수 있다면 좋겠다는 생각을 해본다. 열쇠로 열어서 상대방의 마음을 읽을 수 있다면 세상에는 미움이나 오해 같은 것이 없지 않겠는가. 태산의 신은 인간 수명의 길고 짧음까지 내다 볼 수 있었다 하니 그게 사실일까.

주마간산 격으로 돌아보지만 산은 자신만의 독특한 비경이 있다.

평성궁을 만나다

　　우리나라의 폭염보다 훨씬 더 뜨거운 무더위를 느끼며 일본 나라시의 평성궁지平城宮址에서 고대 일본을 만나고 있다. 현재의 나라시에 겐메이元明천황은 708년 헤이죠우쿄우平城宮을 건설하여 등원경藤原京에서 이곳으로 천도하였다. 평성궁은 784년까지 7대에 걸쳐 76년간 일본의 도읍이었다. 율령체제가 성립되기 이전의 일본은 왕이 바뀔 때마다 '미야宮(궁궐)'을 새로 지어서 옮겨 다녔는데 그 이유는 정확한 것은 아니지만 여러 가지 추측들이 전해진다. 당시 일본의 건축물은 굴건주건물掘建柱建物의 건축방식이었는데 초석礎石의 공사를 하지 않고 땅 속에다 그대로 기둥을 사용하는 방식이었다고 한다. 공사는 쉬울 수 있겠지만 건물의 단점은 20~30년이면 재건축을 해야 하는 문제가 있다. 다음으로는 왕과 왕자는 따로 궁궐을 짓고 살았기 때문에 왕이 되면 자신이 살던 궁에서 즉위하게 되는 전통이 있다. 그러나 죽음을 신성한 것으로 받아들일 수 없으니 이전의 왕이 살던 곳을 불길한 장소로 여기게 되는 경향도 한몫했을 것이다. 천도를 하게 되는 여러 설이 있지만 겐메이 천황이 이곳 평성궁으로 도읍을 옮기게 되는 결정적 이유는 무엇이었을까. 이곳은 사금四禽의 圖(청룡, 백호, 주작, 현무)에 가장 적합한 곳이라 여겼을 것으로 전해진다. 일본은 천황이 바뀔 때마다 도읍지를 천도해야 하는 전통을 이곳 나라시奈良市 평성궁平城宮에서 멈추게 된 것이다.

　　역사란 것은 우리들이 볼 수 없는 깊은 땅 속에 묻혀 있는 과거를 만나는 여행이라 생각한다. 그들을 깨워야만 현재의 우리들을 만날 수 있는 것이 아닌가. 나는 누구였고 조상은 어디에서 왔는지 무한한 상상의 세계를 유영할 수 있는 즐거움이 고대사의 매력이 아니겠는가. 고대사 시간에 일본도성日本都城에 관한 공부를 하면서 언젠가는 한 번쯤 만나보고 싶었던 곳이 평성궁이었다.

　　나는 그때의 꿈을 이루어 평성궁을 돌아보고 있다. 더구나 이곳에서 가장 아름다웠던 것으로 평가하는 주작문朱雀門이 복원되었다니 많은 기대를 안고 찾아왔다. 평성궁지는 생각했던 것보다 규모가 엄청나게 크다. 승용차가 있는 것도 아니고 도보로 답사를 한다는 게 힘들 것 같아 일본에서 필수라고 할 수 있는 자전거를 대여했다. 동·서의 방향으로 약 4.4km 남·북은 약 5km이다. 정치를 하고 의식을 행하던 조당원朝堂院과 정무공간이었던 대극전大極殿 등 많은 부속 건물들이 있었는데 해체가 되었다. 칠월의 태양은 뜨거웠지만 오랜만에 맑은 하늘을 만났다. 아이스크림같이 부드러운 구름이 한 폭의 그림같이 아름답다. 포근하게 펼쳐진 파란 잔디 위에서 네 잎 클로버를 찾아보고, 나무 그늘 아래서 잠시 휴식을 취하며 불어오는 바람에 마음을 맡기니 아늑함이 느껴진다. 부근에 있는 고분들도 답사할 계획이었는데 몇 번이나 길을 물어보았지만 언어 소통의 문제로 아쉽지만 포기를 했다. 전시장 안에는 이곳의 모형이 작지만 아담하게 제작되어 입구를 지킨다. 일본은 건물 복원을 하기 전에 1/10 정도의 모형으로 건물을 축소 제작하여 전시를 해 두고 일반인들이 쉽게 이해할 수 있도록 배려를 하고 있다. 국민들 모두가 참여할 수 있고 문화재에 대한 관심을 정부와 공유할 수 있는 방법이라 여겨진다.

주작문으로 향했다. 이곳 평성궁의 남쪽을 지키던 문이다. 기단과 건물만 복원하는 데도 각각 5년씩이라는 오랜 시간이 걸렸다고 한다. 주작문은 정면 5칸 측면 2칸의 예전 왕궁을 호위하던 위엄 있는 모습으로 당당히 서 있다. 웅장한 모습을 갖춘 주작문 앞에서 나는 우리나라 국보1호 숭례문을 떠올린다. 이곳의 주작문과 같이 정면 5칸 측면 2칸으로 조선을 대표하던 건축물이며 한양을 보듬던 도성의 정문이 아니던가. 우리나라 건설업체가 세계에서 몇 번째 높은 건물을 완공했다는 것도 물론 중요하고 자부심을 느껴야 하는 것만은 분명하다. 그러나 문화재의 보존은 새로 건설하는 것만큼이나 소중한 일이다. 아무리 훌륭한 시공으로 숭례문이 예전 그 모습대로 복원된다고 해도 천 년을 뛰어넘는 조상들의 숨결까지 스며들 수 있겠는가. 일본은 주작문을 건설하는 비용에 10억 엔을 투자했다니 놀라운 일이 아닌가. 이곳 평성궁의 모든 건축물들은 중국 당나라의 장안성을 모방한 것이라는 통설이 있었다. 그래서일까. 주작문을 바라보니 일본이라고 여겨지기보다 중국에 와 있는 듯 착각을 할 정도다 지금은 그저 화려하게만 보이는 주작문도 수많은 계절을 보내고 비바람을 만나야만 예전의 고풍스런 모습을 되찾게 될 것이다.

평성궁은 왕궁을 건설하면서 주변에다 아담한 사찰들을 같이 조영하였다. 소박한 느낌에다 꽃밭에 파묻힌 듯한 불퇴사不退寺는 수국이 활짝 피어있다. 국보로 지정된 십일면관음상이 있는 법화사는 일본의 전형적인 정원의 모습을 자랑하는 곳인데 평성궁

역사란 것은 우리들이 볼 수 없는 깊은 땅 속에 묻혀있는 과거를 만나는 여행이라 생각한다. 그들을 깨워야만 현재의 우리들을 만날 수 있는 것이 아닌가. 나는 누구였고 조상은 어디에서 왔는지 무한한 상상의 세계를 유영할 수 있는 즐거움이 고대사의 매력이 아니겠는가.

에 인접해 있고 관광객이 많지 않아 호젓함을 즐기며 거닐 수 있는 곳이다.

뜨거운 햇볕을 뒤로하고 발길을 돌렸다. 계획을 앞당겨 평성궁 보다 100여 년 앞서 건축된 법륭사法隆寺로 가기 위해서다. 마음이 바쁜 이유는 백제관음상百濟觀音像의 온화한 미소를 빨리 만나고 싶은 마음에서다.

백제의 27대 위덕왕이 스이코 여왕에게 선물로 보낸 것이라는 '百濟觀音像'은 현재 이곳 법륭사에서 일본의 국보로 지정되어 아름다운 자태를 뽐내고 있다. 사진과 인터넷으로 이미지만 보았던 백제관음상을 만나는 순간 숨이 멎는 것 같다. 수많은 생각들이 일어난다. '나라국립박물관'에서 보았던 일본의 불상과는 비교조차 할 수 없는 2m 27cm의 빼어난 아름다움이 아닌가. 마치 실크의 부드러움같이 금방 흘러내릴 것 같은 우아함이다. 늘 궁금했지만 처음 만나보는 불상이기에 관광객 사이를 피해 정면과 측면을 꼼꼼하게 살펴보니 전혀 낯설지 않다. 사진촬영이 금지되어 직접 촬영하지는 못했지만 '백제의 미소'라고 부르는 서산의 마애삼존불을 닮은 차분하면서도 인자함이 넘치는 고운 자태다.

백제시대 우리 조상들이 일본으로 건너와 일본 최초의 절이라는 아스카사飛鳥寺를 건설하기 위해 백제의 기술자들이 많은 역할을 했다. 그들이 이곳 법륭사를 건축하는 데도 실질적인 조언과 도움을 준 것이다. 그래서인지 이곳의 많은 금당들은 아스카시대의 건축양식을 닮은 목조 건물이다. 법륭사는 우리나라의 석굴암, 중국의 운강석불과 함께 동양의 아름다움으로 인정받고 있으며 고대사를 이해하는 데 많은 도움이 되는 곳이다. 그러나 일본의 사찰인 이곳 법륭사의 의미가 내게 더 크게 다가오는 이유는 무엇인가. 초등학교 때 선생님은 고구려의 화가 담징曇徵이야기를 해주셨다. 어른이 되면 꼭 가봐야겠다는 생각을 가졌던 곳이 바로 법륭사 유메노도夢殿가 아니던가. 그때의 꿈을 50의 나이에 이루다니 만감이 교차한다. 그러나 담징이 그렸다는 12폭 병풍은 1949년 화재로 소실되고 1968년에 다시 복원을 하였다고 전해진다. 천정의 비천도만 남아있다는데 만날 수 없으니 어찌 아쉬움이 아닌가. 고구려의 땅이 아닌 일본 하늘을 배회하던 담징의 그림은 선녀가 되어 그리운 고향으로 돌아간 것인가.

나 또한 아쉬움의 발길을 옮겨야 한다.

지귀의 사랑

역사를 거슬러 올라가다 보면 설화 속에서 탄생한 인물들을 만날 수 있다. 특히 고대시대는 건국과 관련한 설화들이 많이 전해져 내려온다. 고구려 건국신화에는 주몽朱蒙(동명성왕)의 아버지가 천재의 아들인 북부여 왕 해모수였다. 해모수는 수신水神 하백의 딸이었던 유화부인柳花夫人을 사랑하게 된다. 이 일로 인해 유화부인은 집에서 쫓겨난 후 동부여의 금와金蛙 왕王을 만난다. 유화를 불쌍히 여긴 왕은 궁궐로 데려오는데 이때 햇빛이 유화의 뒤를 비추며 태기가 있었고 알을 낳았다. 그 알에서 태어난 인물이 고구려의 건국시조인 주몽 즉 동명성왕이다. 주몽이란 이름은 그때 부여에서 활을 잘 쏘는 사람이었다고 전해진다.

박혁거세朴赫居世는 신라의 건국시조이다. 촌장들이 모여서 국가를 세울 것을 상의하고 있을 때 우물 부근이 찬란한 빛으로 반짝였다. 백마 한 마리가 절하는 모습을 하고 있어 사람들이 달려가니 알이 놓여 있었다. 그 알에서 남자 아이가 태어났고 몸은 광채로 반짝였다. 알의 크기가 박처럼 커서 성을 박朴이라 하고, 몸의 광채로 인해 이름을 '혁거세赫居世' 또는 '불구내'로 했다는 설화가 있다. 우리에게 설화로 익숙한 게 어디 이것뿐이겠는가. 고조선의 건국에 등장하는 환웅과 웅녀의 이야기가 있다. 또한 부석사浮石寺를 창건한 의상과 선묘낭자의 아름다운 설화는 현재 우리들의 사랑 이야기처럼 느껴진다. 가을 바람이 외롭게 불어오는 날, 부석사 선묘각에 가면 용으로 변해서라도 사랑하는 사람 곁에서 머물고 싶었던 선묘를 만날 수 있다. 죽음까지 받아들일 수 있는 사랑이었기에 더욱 서글프지 않은가.

지난번 인기리에 종영된 '선덕여왕'에 등장하는 '미실'이란 인물이 실존했을까 하고 학계의 의견이 분분하다. 미실의 행동이 이해되지 않은 부분들이 있지만 신라의 권력을 쥐고 있었던 대단한 여성으로 묘사되는 게 흥미롭다.

176 파피루스

향가문학鄕歌文學은 신라의 시가詩歌를 말하는데 고려조에 들어오면 조금씩 뒤로 밀려난다. 지금과 같이 문학의 장르도 유행의 흐름이 있었다고 생각할 수 있다. 이 시기에 새롭게 사랑받는 것이 한문학이다. 여러 이유가 있었겠지만 고려 4대 왕인 광종이 시행한 과거제도가 한몫을 하지 않았을까 추측된다. 과거라는 것은 지금 우리가 글을 쓸 때 꼭 필요한 자신만이 갖고 있는 문장의 능력을 평가하는 것이기 때문이다. 고려시대 귀족들의 특징은 이전의

> 지귀는 우연히 절에 행차하는 선덕여왕의 모습을 보고 첫 눈에
> 반했다. 여왕은 자신을 사모한다는 지귀를 뒤따르게 하고 절
> 에서 불공을 드린다. 절 밖에 있는 석탑 아래서 불공이 끝나기
> 를 기다리던 지귀는 깜빡 잠이 들었다. 불공을 끝내고 나온 선
> 덕여왕은 오랫동안 자신을 기다리다 잠든 지귀를 보고 불쌍하
> 게 여기면서 자신의 금팔찌를 지귀의 가슴 위에 올려두었다.

신료들과 달리 유교와 한문학을 겸비했던 것을 알 수 있다. 왕의 명령에 따라 귀족관료들이 시를 지어 바치는 문신월과법文臣月課法이 시행되었으니 고려의 귀족들은 상당한 지식을 겸비한 문인이었던 것이다. 이때는 한문학을 하는 뛰어난 작가들이 많이 등장하는 전성기였다. 특히 설화문학說話文學이 유행하게 되는데 이인로李仁老의 『파한집破閑集』이 대표적이다. 제목 그대로 한가로움을 깨뜨린다는 내용으로 글쓴이의 여유와 낭만을 느낄 수 있는 책이다. 시화詩話,

군신君臣의 일화, 신라의 구속舊俗, 서경과 개경의 풍물 등이 담겨있다. 이러한 설화문학의 종류로는 박인량朴寅亮이 저자로 알려진 『수이전殊異傳』이 있다. 박인량은 송나라에서 더 인기가 있었던 모양이다. 자신들이 박인량의 시를 한데 모아서 『소화집小華集』이라는 제목의 책을 출간했다고 한다. 이미 시대를 한참 앞서간 최초의 한류 스타가 아닌가. 수이전에는 심화요탑心火繞塔이라는 유명한 고전문학이 실렸다.

심화묘탑心火繞塔
지귀, 신라활리역인, 모선덕왕지미려, 우수체읍, 형용초췌
志鬼, 新羅活里驛人, 慕善德王之美麗, 憂愁涕泣, 形容憔悴……
지귀는 신라 활리역인이다. 선덕여왕의 아름다움을 사모하여 근심하다, 눈물 흘리며 우느라고 모습이 초췌하다.

위 내용에 등장하는 지귀志鬼는 신라 제 27대 선덕여왕을 짝사랑했던 인물이다. 실제로 존재했는지 설화 속의 인물인지는 정확히 알 수 없다. 선덕여왕은 빼어난 미인이었다고 한다. 황룡사9층목탑黃龍寺九層木塔과 첨성대를 건립하는 등 강력한 리더십과 함께 시대를 앞서간 여왕으로 평가받는다. 지귀는 우연히 절에 행차하는 선덕여왕의 모습을 보고 첫눈에 반했다. 여왕은 자신을 사모한다는

지귀를 뒤따르게 하고 절에서 불공을 드린다. 절 밖에 있는 석탑 아래서 불공이 끝나기를 기다리던 지귀는 깜빡 잠이 들었다. 불공을 끝내고 나온 선덕여왕은 오랫동안 자신을 기다리다 잠든 지귀를 보고 불쌍하게 여기면서 자신의 금팔찌를 지귀의 가슴 위에 올려두었다. 잠에서 깨어난 지귀는 금팔찌를 가슴에 껴안은 채 선덕여왕을 사모하는 마음을 가지고 이승과 이별하는 내용이다.

　　지귀가 설화 속에만 등장하거나 혹은 실존인물이면 또 어떤가. 신라는 사람이 태어날 때부터 나의 의지와 상관없이 부모를 따라 골품도 정해졌던 나라가 아니던가. 왕통인 성골 · 진골 그리고 귀족인 6 · 5 · 4두품, 평민인 3 · 2 · 1두품이 있었으니 지귀는 하층인 평민이었다. 그때의 지귀가 여왕을 짝사랑한다는 게 파격적인 행동이었던 것만은 분명한 일이다. 어쩌면 당장 목숨을 부지할 수 없는 모험일 수 있다. 그러나 지귀가 혼자서 여왕을 사모하는 것은 순수했고 지고지순한 사랑이었다. 그러기에 자신의 목숨까지 버릴 수 있지 않은가. 신분을 뛰어넘어 자신의 마음을 여왕에게 전한 지귀의 용기를 닮고 싶다.

아름다운 것이 눈물난다

동방東邦의 찬란한 아침이 가장 먼저 열린다는 경주의 새벽이다. 경주는 진한의 12나라 가운데 한 곳인 사로국을 기반으로 하여 성립되었고, 삼국사기에 의하면 기원전 57년에 박혁거세가 건국한 나라이다. 그러나 나라의 기본 틀을 갖춘 시기는 삼국 중에서도 가장 늦게 출발한 1세기 말쯤으로 전해지고 있다. 신라는 골품제를 바탕으로 성장하였고, 우리에게 잘 알려진 화백제도와 화랑도를 발전시켰다. 신라문화는 소박하고 고아古雅한 아름다움으로 후

세에 전해지고 있다.

　우리나라는 예로부터 명산으로 알려진 오악五岳이 있었으니, 계룡산鷄龍山, 지리산智異山, 태백산太白山, 팔공산八公山 그리고 천년고도의 수도였던 경주의 토함산吐含山이다. 고도 경주에는 외로운 모습으로 남산에다 터를 잡고 있는 이름 없는 석불과 슬픈 전설이 담겨 있는 에밀레종까지 경주시내 전체를 박물관이라 불러도 될 만큼 문화재가 산재한 곳이다. 또한 토함산 석굴암은 유네스코에서 1995년 세계 10대유적지로 지정하였으니 귀중한 우리의 문화유산이다.

　나는 떨리는 가슴으로 토함산을 오른다. 이토록 설레는 마음은 무엇을 의미하는 것인가. 긴 세월 동안 아련한 그리움으로 남아 있던 석가탑을 만날 수 있다는 것이 내 가슴을 뛰게 하는 것이리라. 토함산의 아침은 아직 여명에 잠겼는데 불어오는 바람에는 천년고도의 위엄이 담겼다. 렌트카를 이용해서 표지판을 따라 새벽길을 달리는데 홀로 가고 있는 뒷모습이 쓸쓸해 보였는지 경주의 새벽 바람이 뒤를 따른다.

　눈빛만으로도 사랑을 확인할 수 있는 그런 소중한 사람이 내게 있어 지금 재회를 위해 달려간다고 한들 이만큼의 떨림이겠는가. 이 세상을 하직하는 날까지 영원히 잊을 수 없는 아름다운 사랑이 있어 내 기억 속에 남아 있다 해도 이토록 애타는 그리움은 아닐

것이다. 만남 뒤에는 이별을 걱정하지 않아도 되고, 이별 뒤의 아픔을 두려워하지 않는 그런 사랑은 세상에 존재하는가. 세상에 영원한 것은 아무것도 없듯이 사랑도 마찬가지다. 그렇지만 석가탑을 향한 내 사랑은 영원불멸의 사랑이다. 미움도 없고 흔들림도 없는 그저 애틋함으로 가득한 사랑이다.

청운교와 백운교, 나는 파란 구름과 하얀 구름을 타고 그야말로 선녀가 된 기분으로 대웅전 앞으로 들어섰다. 그리고 석가

탑 앞에서 발길을 멈추었다. 일본 관광객들에게 석가탑의 아름다움
을 전달하느라 안내자는 분주하다. 과연 저 관광객들은 우리의 소
중한 문화재를 얼마나 감상할 수 있으며 또 이해할 수 있을까. 석가
탑의 고운 자태와 그 정교함 앞에서는 아무런 말이 필요없다. 8.2m
높이라고 하지만 내가 바라보는 탑은 하늘을 찌를 것 같은 당당함
과 구름 위로 날아갈 것만 같은 날렵함을 갖추고 있다. 석가탑을 정
면에서 바라보면 탑의 지대석은 바위 위에 얹혀 있는 것 같다. 그

이유는 석가모니가 히말라야에서 고행을 할 때 바위에 앉았다는 것을 의미하기 때문이다.

석가탑은 상주설법常住說法을 상징한다고 했으니 생멸生滅의 변화가 없이 언제나 어디서나 그 자리에 머물러 있다는 뜻인가. 신라시대의 수많은 탑 중에서 가장 아름답다는 찬사를 받고 있는 석가탑은 가슴 아픈 전설이 있어 더욱 친근감이 느껴지기도 한다.

석가탑과 다보탑을 만든 사람은 우리에게 잘 알려진 백제

눈빛만으로도 사랑을 확인할 수 있는 그런 소중한 사람이 내게 있어 지금 재회를 위해 달려간다고 한들 이만큼의 떨림이겠는가. 이 세상을 하직하는 날까지 영원히 잊을 수 없는 아름다운 사랑이 있어 내 기억 속에 남아 있다 해도 이토록 애타는 그리움은 아닐 것이다.

의 석공 아사달이다. 아사달은 황룡사 9층탑을 만든 아비지의 후손이라고 전해진다. 아사달이 탑을 조성할 때 고향 백제에서 사랑하는 남편을 기다리던 아사달의 부인 아사녀가 남편에 대한 그리움을 참지 못하고 서라벌에 있는 불국사를 찾아오게 된다. 그러나 주지 스님은 탑의 제작에 방해가 될 것 같아 두 사람의 만남을 허락하지 않는다. 다만 탑이 완성되면 그림자가 영지에 비칠 것이라는 말을 아사녀에게 들려준다.

어느 날이다. 푸르름이 느껴질 정도의 아름다운 달밤에 아

사녀는 하얀색의 다보탑을 영지에서 보게 되었다. 그리운 마음에 남편의 이름을 부르면서 못 안으로 뛰어 들어가 그 탑을 껴안았다. 달빛의 부드러움 탓이었는지 아사녀는 환상을 보았던 것이다. 드디어 아름다운 석가탑을 완성한 아사달은 아내에게로 달려갔지만 그가 사랑하는 아내는 이미 이 세상 사람이 아니었다. 두 사람의 아픈 사연을 간직한 채 그림자가 비춰졌던 국보 20호 다보탑을 유영탑이라 부른다. 그리고 국보 21호로 지정된 석가탑은 그림자가 비치지 않는다고 해서 무영탑無影塔이라 부르게 되었다. 나는 무영탑의 슬픈 전설 때문에 석가탑을 그리워하고 사랑했던 것은 아닐까.

불국사를 창건했을 때 백운교와 청운교 밑으로 '구품연지'라는 연못이 있었다고 한다. 예쁘게 자라고 있는 소나무와 잔디를 보며 내가 지금 서 있는 곳이 바로 그 자리가 아닐까 하고 사방을 돌아본다. 찬란히 떠오르는 아침 해를 바라보니 그야말로 극락정토極樂淨土라는 그 말이 현실로 내게 다가온다.

나는 지금 천 년의 세월을 뛰어넘어 사랑하는 사람을 찾아 신라 불국사를 찾은 백제의 단아한 여인 아사녀가 된다. 혹여 그리운 이의 모습이라도 볼 수 있을까, 휘영청 밝은 달밤에 이곳을 서성인다. 언제쯤이면 이곳 연지에서 석가탑의 그림자를 만나게 될까. 사랑하는 사람이 있어 이곳 연지에 그림자가 되어 비춰진다면 나 또한 연지에 몸을 던진다 한들 무엇이 두렵겠는가. 마음을 비우고 무영탑을 보면 온통 그리움이 묻어난다. 사랑하는 아내와의 재회를 위해 땀 흘린 아사달의 체취가 있고 완성되지 못한 사랑이었기에 눈물이 흐른다.

"내가 예술에 미쳐 당신을 잊었군요. 이제는 예술도 생명도 아무것도 필요하지 않아요. 다시는 당신 곁을 떠나지 않으리다."

아내를 그리워하는 아사달의 피맺힌 절규의 목소리가 석가탑에서는 지금도 들리고 있다.

나는 오랫동안 그리움으로 잠을 설쳤던 석가탑의 아름다움 앞에서 눈물 흘린다.

운수 나쁜 날

낙엽이 뒹구는 아파트 주차장에 차를 주차를 하고 신신자 申信子는 하늘을 올려다보았다. 맑고 푹신해 보이는 하늘에는 하얀 구름이 사이좋게 고개를 넘고 있다. 오색물감으로 물들인 듯 가을 나무는 고운 자태를 뽐내건만 신자의 하루는 먹구름이 끼인 듯 어둡다. 예약을 해야만 할 정도로 쇄도하던 데이트 신청도 이젠 뚝 끊겼다. 젊은 날에는 양귀비 같다고 모두들 아부를 했었지만 제아무리 예쁜 신자의 미모도 드디어 곤두박질하는가 보다.

가을 길을 따라 미사리에 활짝 피어난 코스모스 꽃길을 다정히 걸어도 좋고, 아니면 은행 알이 영글고 있는 오솔길을 지나 다산 정약용 유적지라도 찾아보면 얼마나 좋아. 그러나 남자들이란 오빠나 아저씨나 가릴 것 없이 늘씬한 몸매의 젊은 영계들을 좋아하지만 영계는 뭐 아무나 데리고 노나. 욘사마 처럼 멋진 복근을 갖췄거나 한 손으로 운전대 잡고 휴대전화로 통화하면서 멋지게 후진 주차라도 할 수 있어야 매력남이다. 또한 미성년자 데리고 놀다가 재수 없으면 인터넷으로 신상명세서는 물론 주소와 사진까지 도배당하는 수모를 당해야 한다. 그러다 보니 회사에서 짐도 못 꾸리고 쫓겨나거나, 패가망신 아니면 이혼하고 노숙자로 전락하기 십상이다.

가을은 남자의 계절이라는데 신자의 마음은 빌려준 돈 못 받은 사람처럼 심란하다. 뒤숭숭한 기분으로 현관으로 들어섰다. 이런 날은 친구에게 전화라도 해서 자신들보다 잘 사는 친구 흉이라도 보며 수다를 떨어야 마음이 안정된다.

신자는 친구 동숙에게 전화를 걸었다. '가을 바람이 유혹하는데 이 계집애가 집에 붙어 있으면 인생 다 끝났지.' 다시 휴대전화 저장번호 4번을 길게 누르고 통화를 시도했다. 그래도 전에는 휴대전화에서라도 "여보세요" 하며 공손히 전화를 받더니 전화국이 어떻게든 수입을 올려보기 위해 하루종일이 아니라 꿈 속에서도 머리를 굴려 발신자 서비스를 실시했다. 그런 후부터 휴대전화의 매너라는 것은 호랑이 담배 피던 시절 이야기가 되고 말았다.

　　　몇 번의 신호음이 울리고 나니 동숙의 목소리가 왕비마마보다 더 우아하고, 신이 내린 목소리라 극찬한 조수미보다 더 아름답게 들린다. 동숙이가 이런 목소리를 내는 날은 어느 사내랑 드라이브 중이거나, 아니면 차를 마시고 있는 게 분명하다. "누구랑 어디서 놀고 있냐?" 동숙은 백화점에서 쇼핑을 하는 중이라고 한다. "그 백화점은 손님이 너밖에 없어. 사람 소리는커녕 쥐새끼 소리도 안 들린다." "그럼 뭐 사람 소리가 휴대전화까지 들리니?" "얘가 무식하기는 요즘 전화기는 성능이 좋아 건너편에서 은근한 눈빛으로 바라보는 남자 숨소리까지 다 들린다는 것도 몰라." 신자는 전화를 끊고 옷을 갈아입는다. 오늘은 피곤하니 욕조에 가득 장미향 거품이나 풀어 누워있어야겠다.

　　　잔주름 예방을 위해 아이크림과 에센스까지 듬뿍 찍어 새끼손가락으로 마치 보석을 다루듯이 부드럽게 눈 주위에 펴 바른다. 신자의 나이는 이제 오십대 중반이다. 주민등록번호 같은 것만 폐기처분 된다면 사십대 초반이라고 해도 의심할 가치조차 느끼지 않을 것이다. 사업하는 남편을 만나 일찌감치 고생 따윈 마감을 했고, 오직 탱탱한 피부로 거듭나기 위해 지극정성 공을 들인다.

　　　소파에 벌렁 드러누운 신자는 리모컨을 들고 TV채널을 돌려본다. 이 시간이면 홈 쇼핑 몇 개 채널에서 몸매 교정을 위한 보정 속옷이나 화장품을 판매하는 시간이다. 이곳저곳 채널을 돌리고 있는데 갑자기 휴대전화에서 신호가 온다. "엄마 전화 왔어요. 엄마 전화 왔어요." 신자는 돋보기부터 찾아서 얼른 낀다. 이미 친구들은 눈이 잘 보이지 않는다고 실버폰을 구입했지만, 신자는 한사코 늙음을 거부했다. 많은 돈을 들여 밑으로 처지는 눈꺼풀 수술까지 한 예쁜 두 눈에 돋보기라니 어림도 없다. 청와대 경호원들이 들고 있는 무전기라고 해야 맞지 그게 전화기냐 하면서 실버폰으로 통화하는 친구들을 경멸했다. 신자는 자신의 돋보기는 언제나 핸드백 바닥에 숨겨 놓고 친구들 앞에서는 사용을 하지 않는다.

　　신자가 돋보기를 끼고 발신인부터 확인해보니 입력이 되지 않은 전화번호다. 이럴 때는 최대한 예의를 갖추어야 한다. 목소리는 상대방이 겨우 알아들을 수 있도록 낮게 발음해야 하고, 천천히 또박또박 말해야 한다. "네! 신신자입니다." "저는 표윤수라고 하는데 대한은행 종로 지점장입니다. 사모님께 몇 번 전화 드렸는데 연결이 되지 않더군요." 손으로 오똑한 코를 만지며 신자는 교양과 지성미가 넘치는 목소리로 말한다. "제게 전화 하실 때는 미리 예약을 하라고 했는데 잊으셨어요?" 지난번 신자의 예치금액이 워낙 큰 액수여서 지점장이 이런 고객에게 전화를 하지 않는다면 내일 명퇴신청을 할 사람이다. 신자는 은행에 가면 VIP룸으로 구

가을 길을 따라 미사리에 활짝 피어난 코

스모스 꽃길을 다정히 걸어도 좋고, 아니

면 은행 알이 영글고 있는 오솔길을 지나

다산 정약용 유적지라도 찾아보면 얼마나

좋아.

두 소리도 요란하게 입장을 한다. 번호표를 뽑아 월간지나 뒤적거리면서 진열해둔 커피믹서가 공짜라고 타서 마시는 행동을 하면 가문에 먹칠하는 일이다. 손가락만 닿으면 피아노 소리같이 맑은 소리가 울리는 그런 상아 뼈로 만든 커피잔에 담긴 원두커피 정도는 마셔야 한다. 그리고 골프채도 한번 휘둘러보고 눈 밑에 보이는 주근깨에다 파우더도 덧발라보며 깍듯한 인사를 받으며 은행 문을 나선다.

1시간 후에 지점장이 직접 차를 가지고 신자네 집 앞으로 오겠단다. 다시 거울 앞에서 화장을 하기 시작한다. 화장품은 온통 외제뿐이다. 기초 화장품은 에스티로더를, 파우더는 샤넬 제품을 사용한다. 1층과 2층 임대료가 다르듯이 내 얼굴도 부위에 따라 다르니까 하면서.

몸에 달라붙는 연두색 니트는 허리가 굵어보여서 안 되고, 바지를 입자니 아직은 매끈한 다리가 숨겨지고, 벨트 정장을 하자니 뱃살이 무척 신경이 쓰인다. 고민하던 신자는 몇 년 전에 영화 '귀여운 여인'에서 줄리아로버츠가 입어서 인기를 얻은 디자인과 같은 심플한 원피스를 입었다.

집 앞에 도착했다는 전화를 받고 신자는 최근 백화점에서 구입한 신상 핸드백을 오른팔에 살짝 끼었다. 핸드백을 구입할 계획은 없었는데 매장 직원이 '사모님! 이 제품은 부유층의 예단용으로만 판매되는 제품입니다.' 라고 말하기에 선뜻 구입을 한 것이다. 신자는 노 세일로 유명한 브랜드인데 지점장이 알아줄는지 모르겠네 하면서 집을 나섰다.

신자를 알아본 지점장이 얼른 뒷문을 정중하게 열어준다. 지극히 하품나는 이야기를 몇 마디 나눈 후 덕소에 있는 갈빗집에서 저녁 식사를 하기로 일치를 보았다. 벌써 퇴근시간인지 올림픽대로 진입로는 차량이 밀리고 있다.

신자의 수준을 파악했다면 음악도 클래식이어야 할텐데 자동차의 CD에서 현빈의 샤방샤방이라는 노래가 흘러나오고 있다.

그때였다. "왜 이렇게 온도가 올라가지." 하는 말과 동시에 파리가 날아와 미끄러질 것 같았던 지점장의 자동차가 올림픽대로에 떠억 멈추어 서는 게 아닌가. 당황한 것은 지점장이 아니고 신자였다. "사모님, 이거 죄송하게 됐습니다. 차가 많이 막히는 시간이고, 사고의 위험이 있으니 한쪽으로 밀어내야 되겠군요. 사모님께서 운전대를 잡고 오른쪽으로 돌려주시면 제가 뒤에서 밀겠습니다." 고장 난 차를 처음 타본 신자는 얼른 운전석으로 올라탔다. 줄리아로버츠 원피스가 문틈에 낀 것도 모른 채.

올림픽대로 위에 서 있는 지점장과 신자를 지나는 운전자들이 힐끗거리며 바라본다. 이런 망신살이 내게 뻗치다니, 그래서 조간신문 오늘의 운세에서 나를 보고 외출을 삼가라고 했구나 하면서 신자의 얼굴은 붉어졌다. 폼나는 구찌 핸드백을 열어 아무리 뒤적여도 오늘따라 선글라스도 없다. 낮에 칼국수를 먹어서인지 뱃속에서 울리는 꼬르륵 소리가 지나가는 운전자들에게까지 들릴 정도다.

잠시 열을 식히면 시동이 걸릴 것이라는 지점장의 말은 희망사항이었고 결국 애니카에다 연락을 한다.

"2946 넘버의 렉카차가 10분후에 도착 합니다."

가을이라 분위기를 띄우기 위해 목에 감고 나온 신자의 피에르가르뎅 스카프가 한강에서 불어오는 바람에 휘날린다.

길 위의 인문학(이순신의 바다)

조선일보가 주최하는 1박 2일 여수 통영 답사 '7월 길 위의 인문학' 탐방을 떠나기 전날은 깊은 잠을 이룰 수 없었다. 장마철이라 비가 내릴 것이라는 예보가 있었지만 설레는 마음 탓이었을 것이다. 학창시절 소풍 가기 전 날 비가 올까 봐 잠을 이루지 못하고 뒤척이던 그런 기분이었다.

용산역에 도착하니 벌써 많은 사람들이 와 있고 명찰을 받고 보니 왕복 교통편과 숙소가 기록되어 있으며 만일의 경우를 대

비한 듯 우의까지 나누어준다.

　　출발한 후에는 처음 만난 탓인지 모두 서먹하고 어색했지만 감미로운 목소리의 초대가수 '손병휘'님의 노래가 우리들을 하나로 만들어주었다.

　　여수 진남관鎭南館은 1598년(선조 31년) 전라도좌수영의 객사로 사용하기 위해 건립된 곳이다. 임진왜란과 정유재란의 큰 전쟁들을 승리로 장식한 수군들의 중요한 기지였다. 1718년(숙종 44년) 전라좌수사였던 이제면李濟冕이 중창한 당시의 모습을 그대

　　　이순신 장군의 모습을 찾을 수 없지만 그는 이 바닷가 파도를
　　　헤치고 상념에 잠겨 있었을 것이다. 사랑했던 아들을 먼저 저
　　　세상으로 떠나보낸 뒤에도 그 아픔을 가슴에다 묻고서 일편단심
　　　국가와 민족을 생각하며 생사의 갈림길을 넘나들었지 않은가.

로 보존하고 있으며 건물 규모가 정면 15칸, 측면 5칸, 건물 면적 240평으로 지방관아 건물로서는 최고의 규모이다. 건물을 돌아보면 당시의 모습들이 거의 완벽하게 보존되어 있고 단청의 문양은 특히 아름답다. 8세기 초에 건립된 오래된 건물로서 역사적인 가치와 함께 미적 감각이 돋보이는 우수한 문화재가 아닐 수 없다. 국보 제 304호로 지정되었다. 웅장한 건물에 걸맞게 조경 또한 예술적 감각이 느껴진다.

　　충민사는 나라를 지키다 장렬하게 전사한 이순신 장군과

이억기 장군 등을 모시고 그들의 명복을 비는 사당이라는 설명과 함께 우리는 이들의 애국심을 기리며 묵념을 올렸다. 오후 여수에서의 마지막 일정으로 '선소'를 방문하였다. 이순신 장군이 거북선을 이곳에서 조선造船 한 곳이라고 한다. 역사적인 의미가 있는 곳이 아닌가. 이곳 바닷가에서는 주민들이 바지락을 채취하고 있었는데 오염된 바다로 인해 먹을 수는 없다고 한다. 그곳의 어떤 분 이야기로는 오염되지 않은 바닷가에다 도로 넣어준다고 한다. 아마 수협에서 그날 채취한 것을 구매하는 게 아닐까 생각해보았다. 하루종일 허리도 펴지 못하고 노동을 하는 그들을 보면서 삶은 누구에게나 힘든 여정임을 알 수 있었다.

'통영'은 그야말로 '동양의 나폴리'로 표현되는 멋과 예술의 고장이다. '토지'의 박경리 선생과 '꽃'의 김춘수 시인, '깃발'의 청마 유치환, 세계적인 음악가 '윤이상' 등 문화 예술의 산실이다. 이곳 통영에 오면 누구나 시인이 되어 감동적인 시 한 편을 써서 사랑하는 사람에게 보내기 위해 우체통 앞으로 가게 될 것만 같다.

통영여객터미널로 향하는데 아침부터 폭우가 쏟아진다. 한산도로 이동하는 배를 타고 바라보는 바다는 안개에 휩싸여 파도소리와 빗소리가 맞물려 묘한 조화를 이루고 있다. 이순신 장군의 모습을 찾을 수 없지만 그는 이 바닷가 파도를 헤치고 상념에 잠겨 있었을 것이다. 사랑했던 아들을 먼저 저 세상으로 떠나보낸 뒤에도 그 아픔을 가슴에다 묻고서 일편단심 국가와 민족을 생각하며 생사生死의 갈림길을 넘나들었지 않은가.

빗속이라 더욱 크게 들려오는 파도소리에서 '천안함'을 기억한다. 안타깝고 불쌍하게 세상을 떠나간 그들 또한 이순신 장군이 목숨을 걸고 사수하고자 했던 이 바다를 마지막까지 지켜내고자 했다. 이순신 장군과 46명의 젊은 용사들에게 마음 속으로 간절히 기도를 했다. 그들이 사랑했던 이 나라를 끝까지 기억해 달라고⋯⋯.

한산도에 가서는 대한민국 국민이면 누구나 암기하고 있을 '한산섬 달 밝은 밤'이 탄생된 현장을 찾았다.

한산섬 달 밝은 밤에 수루戍樓에 홀로 앉아

큰 칼 옆에 차고 깊은 시름하는 적에

어디서 일성호가—聲胡笳는 남의 애를 끊나니

사실 나는 지금까지 몰랐던 중요한 것을 이번 답사에서 알 수 있었다. 해설사의 설명을 듣고 집에 와서 자전字典을 찾아보았다. 戍樓라는 뜻은 (적군敵軍의 동정動靜을 망보기 위하여 성城위에 만든 누각樓閣 즉 망루望樓라는 해석이었다.) 길 위의 인문학 답사에서 많은 것을 배웠다.

능소화가 수줍게 피어난 골목길을 따라 세병관洗兵館을 찾았다. 조선 선조 37년(1604)에 완공한 통제영의 중심이었는데 큰 현판에 압도당하고 말을 잃는다. 나 자신의 존재가 한없이 작아지는 것 같았고, 나라를 위해 국가를 위해 뭘 할 수 있을까 진지하게 생각해 볼 수 있는 소중한 시간이었다. 세병관은 아름다운 남해를 바라보면서 그 위용을 드러내고 있었지만 왠지 쓸쓸해 보이는 것은 어떤 이유일까. 2002년 10월 14일 국보 제305호로 승격 지정되었다. 여기서 향토사학자 '박정욱' 선생의 설명은 거침이 없었고 우리들의 기억을 깨우며 평생 잊을 수 없는 강의를 해 주셨다.

이곳의 비 내리는 잔디밭에서 행운의 네 잎 클로버를 찾았다. 인문학의 바다에 빠지면서 행운을 건져 올린 것이다. 네 잎 클로버는 행운의 상징이 아니던가. 건강도 계속 좋지 않았고 어려움이 많았는데 오늘 행운의 네 잎 클로버는 내게 큰 의미가 된다. 이번 답사를 계기로 엄청 큰 행운이 올 것만 같은 예감이다.